내 나이는 39도

내 나이는 39도

초판 1쇄 인쇄 _ 2020년 3월 5일
초판 1쇄 발행 _ 2020년 3월 10일

지은이 _ 이다루

펴낸곳 _ 바이북스
펴낸이 _ 윤옥초
책임 편집 _ 김태윤
책임 디자인 _ 이민영

ISBN _ 979-11-5877-156-0 03810

등록 _ 2005. 7. 12 | 제 313-2005-000148호

서울시 영등포구 선유로49길 23 아이에스비즈타워2차 1005호
편집 02)333-0812 | **마케팅** 02)333-9918 | **팩스** 02)333-9960
이메일 postmaster@bybooks.co.kr
홈페이지 www.bybooks.co.kr

책값은 뒤표지에 있습니다.

책으로 아름다운 세상을 만듭니다. — 바이북스

이다루 지음

서른아홉
점점 뜨거워지는
내 인생이 좋다

내 나이는 39도

괜찮아 보일 뿐, 괜찮지 않았다

"오랜만이야, 잘 지내니?"

관계가 뜸하던 사람들이 가끔씩 안부를 물어올 때면 나는 늘 똑같은 답장을 보내곤 했다.

"그럼, 난 잘 지내고 있어. 너도 잘 지내지?"

다른 이들의 삶도 나와 크게 다를 건 없었다. SNS를 펼치면 잘 살고 있는 그들의 지금과 언제든 마주할 수 있으니 말이다. 가만히 들여다보면 누구나 걱정이라곤 한 점 보이지 않고 고뇌라곤 한 방울 서린 적 없는 듯 산다. 기쁨과 행복을 공유하는 일에는 적극적이다가도 상처와 슬픔은 감추려고 급급해한다. 그럴 것이 실수나 흉터 따위를 들키면 이미지가 실추되거나 누군가가 소곤대며 손가락질할 수도 있으니 조심할 법하다.

완전하지 않은 사람에게서 완전함만 좇으려는 세상은 내겐 참으로 아이러니했다. 그래서인지 남들처럼 보란 듯이 행복하게 잘 지내다가도 어두운 곳에 자리 잡은 감정이 툭툭 튕겨져 나와 나를 흔들곤 했다. 그럴 때마다 스스로를 다그치고 설 곳을 일러주곤 했다. 마치 어린 아들이 길을 걷다가 발을 헛디뎌 넘어졌을 때처럼 말이다.

"괜찮아? 나쁜 신발 같으니라고!" 신발 언저리를 때리는 시늉을 하고 아들을 일으켜 세웠다. 나쁜 감정을 혼내는 방법도 별반 다르지는 않았다. 머리털 하나 보이지 않게 쫓겨난 감정은 마음 구석으로 밀려나 멸시되었다. 그것들은 쌓이고 쌓일 뿐, 도통 사라지지 않았다. 탑처럼 쌓인 케케묵은 감정들은 어느 순간 화산 폭발하듯 뿜어져 나왔다. 그런 날은 우울한 감정에 잠식당한 채 온종일 질질 끌려다녀야만 했다.

우리 집은 빈틈이 많아 늘 찬 기운이 들고 가족애는 엉성하여 자주 바람결에 쓰러졌다. 어느 거실 안이 환히 밝은 집의 담장 너머로 어린 까치발을 들어 올린 적이 있었다. 그렇게 남모를 집의 따듯함을 훔쳐보고야 알았다. 어느 집도 우리 집처럼 비뚤거나 날카롭지 않다는 것을.

내가 살던 곳에는 큰길을 따라 줄지어진 큰 대문들 옆으로 저마다 작고 허름한 쪽문이 나 있었다. 쭉 뻗은 길을 걷다가 삐거덕거리는 쪽문을 끼익 열면 한 줌 빛이 들지 않아선지 곰팡이 냄새가 진동했다. 지하에서는 매일 밤 부모의 큰소리가 오갔고 모두의 절규가 방안을 메우고 나서야 어스름한 새벽이 찾아왔다. 희망이 들어올 틈 없는 공간에서 그렇게 어린 삶을 살아냈다. 그러다 누군가 우리 집을 들여다 볼라치면 몸을 숨겨 웅크리곤 했다. 누구와도 공유할 수 없는 그 시절의 기억은 풀리지 않는 멍울이 되어 가슴에 깊이도 박혔다. 그 아픔에 신음이 새어나올라 치면 서둘러 입을 틀어막고 목구멍 깊은 곳에 불행을 쑤셔 넣었다.

9살 즈음 내가 살던 동네에는 굽이진 골목길 사이로 한두 평 남짓한 구멍가게가 있었다. 보이는 것이라곤 과자와 라면 몇 봉지, 좋아하는 아이스크림이 담긴 얼음상자 같은 게 전부였다. 그곳은 엄마가 심부름시킨 물건의 이름만 대면 없다가 짠하고 나타나는 신기루 같은 곳이기도 했다. 구석구석 숨겨놓은 듯 없는 물건이 없었다. 그날도 심부름을 부여받고 터벅터벅 구멍가게로 향했다. 우연찮게 가게 문 앞에서 같은 반 친구를 만났다. 그 아이는 얼굴이 하얗고 양 갈래로 촘촘히 머리를 땋아서는 새하얀 레이스가 봉긋하게 퍼진 치마를 입고 있었다. 하얀 타이즈에 빨간색 구두를 신고 있는 모습이 예뻐서 나도 모르게 눈을 크게 뜨고 부러운 시선을 건넸다.

그러자 아이는 손에 쥐고 있던 껌을 하나 쏙 빼더니 내게 먹어보라고 건넸다. 껌 하나를 받은 내 손을 보다가 이내 슬리퍼 사이로 비집고 나온 두루뭉술한 발가락을 보았다. 부끄러워서 꼼질대다가 얼른 껌 종이를 벗겨 입안으로 우겨넣었다.

"나랑 놀래?" 아이의 제안에 배알도 없이 고개를 끄덕였다. 여전히 아이의 구두는 빛났고 치마는 빛을 먹어 주변을 하얗게 물들이고 있었다. 엄마의 심부름은 까맣게 잊은 채 아이와 구멍가게 앞에서 소꿉놀이를 했다. 한창 즐겁게 노는데 어느새 누군가가 우리 옆으로 다가와 멀뚱하게 서 있었다. 코를 질질 흘리며 흙을 옴팡 뒤집어쓴 채 늘어나고 색 바랜 티셔츠 한 장만 달랑 입고 있던 5살짜리 둘째 동생이었다.

"언니, 엄마가 빨리 오래."

흘깃 쳐다보곤 눈을 돌려 아이에게 속삭였다.

"얘 내 동생 아니야."

그러자 그 아이는 동생에게 거지라고 놀려대며 도망 다니기 시작했다. 아이의 눈부시게 새하얀 치마를 한번 만져보고 싶었는지 동생은 잡기놀이 하듯 어설픈 걸음으로 연신 쫓아다니기 바빴다. 시선이 온통 흙 묻은 동생을 향했다. 뛰다가 넘어진 동생은 더러운 손을 축 늘어진 가슴팍에 대충 닦고는 통통 튀는 빨간 구두에 시선을 도로 빼앗겼다.

나는 속상하고 비참한 마음에 쥐고 있던 돌을 내팽개치고는 달려가는 동생의 손을 낚아챘다. 뒤도 돌아보지 않고 한참을 뛰다가 잡은 손을 놓고 동생의 옷에 묻은 흙을 탈탈 털어냈다. 넘어져서 까진 무릎을 살살 어루만지니 뉘엿뉘엿 해가 산 뒤로 곧장 숨어버렸다. 엄마의 심부름이 불현듯 떠오르자 꾸지람을 들을 걱정인지 동생을 향한 미안함인지 모를 눈물이 그렁그렁 차올랐다.

내가 가진 것이 수치스럽고 비참하다고 부정해봤자 결국 다시 나였다. 그럼에도 어른으로 사는 동안 빛나는 것으로 나를 꾸미고 추한 것은 보이지 않는 속주머니에 담아 꽁꽁 숨겼다. 멋들어지게 보이는 삶으로 치장하고 나니 반짝이는 시선을 받는 일상이 당연하게 느껴졌다. 그러자 빛을 보고 몰려드는 벌레 떼들로 사방이 둘러싸여 빛은 바깥으로 더는 새나오지 않았다. 갇혀버린 내 빛으로는 누구의 길도 환하게 비춰주지 못했다.

2019년 8월의 끝자락, 누군가의 상처를 책으로 만나고서 나는 결국 꽁꽁 감춰두었던 과거를 손끝으로 써보기로 했다.

"아! 나만 힘든 게 아니었구나." 성대를 타고 흘러나온 이 한마디가 내가 지나온 시간을 쓰다듬어 주었다. 타인의 상처 위에 나의 상처를 싣고 나니 마음이 조금 가벼워졌다. 그러고 보니 타인의 기쁨으로 나의 기쁨이 완성되기도 했고, 슬픔 또한 타인의 눈물로 반쪽이 된 적도 많았다. 이제는 내가 품은 빛으로 그 누군가의 길을 흐릿하게나마 비춰주고 싶다. 또한 나와 같이 상처와 아픔을 터놓고 이야기하는 이들이 점점 많아지는 세상이 오길 바란다.

차례

Chapter 2

상처

Chapter 3

미완성

Chapter 4

방황

Chapter 5

경험

Chapter 1

경단녀, 전업 맘 10년 차

1982년, 염소자리, 혈액형 B형의 나는 삼십대 후반의 보통 엄마이고 아내다.

경단녀가 되어 전업 맘으로 산 지 올해로 딱 10년 차. 하나뿐인 초등학생 아들과 성실한 남편, 그리고 둘째를 재촉해대는 시댁이 있는 평범한 여자사람이다. 어제도 오늘도 나의 일상의 범주는 늘 그대로다. 파도 한 번 일지 않는 잔잔한 바다 위에 온종일 떠다니는 기분이랄까. 누군가에겐 지긋지긋하고 별거 없다며 흘깃하고 지나칠 인생이겠지만 사실 나는 이 고요함을 오래전부터 간절히 바랐다. 그래서인지 잔잔한 물결에 발장구치는 이 여유가 좋다. 머무른 바람결에 차분해진 머리카락도 제법 마음에 드는 요즘이다.

거침없이 하늘로 솟은 대나무도 성장이 멈춘 것 같은 순간이 존재한다. 바로 그때 대나무의 마디가 성장하는 것이다. 그런 인고의 시간을 버텨야 죽순이 다시 안정감 있게 길게 뻗어난다. 멈춘 듯 잔잔한 순간은 내게도 있었다. 애 엄마나 아줌마로 불릴 때야말로 삶에서 정체되어 도태되는 것 같았다. 높은 기둥의 커리어 그래프를 세운 친구들을 마주치면 한없이 작아지곤 했다. 고여 있는 물이 썩어가듯 내 삶도 그렇다고 생각했다. 허나 고인 물에서는 생명이 버틸 수 없다. 내 안에서는 사랑하는 아이가 더 힘차게 뛰놀며 거침없이 성장했다. 멈춘 것 같았지만 멈추지 않은 적요함이었다.

내게도 성장의 기운은 고요한 순간에 찾아들었다. 정체되어 보이는 인생이지만 그 안에서 마디는 자라났다. 할 수 있는 건 아이의 두 발이 휘청대지 않도록 인고의 순간을 겸허히 받아들이는 것, 외려 지체될수록 기뻐할 일은 가장 굵고 튼튼한 마디가 자라는 것이다.

별 볼일 없는
곳에서 뜨는 별

익숙한 듯 좀체 익숙해지지 않는 멜로디가 번쩍이듯 방안에 퍼진다. 내 몸이 거역반응을 일으키는지 듣고 있어도 듣고 있지 않은 듯했다. 그걸 알아차린 건지 알람은 어깃장을 놓듯 소리를 더 크게 내질렀다. 그제야 쇳덩이 같은 다리가 마법이라도 풀린 듯 꼼지락거리며 바닥에 닿았다. 깊은 숨을 들이키며 달라붙어 떨어질 줄 모르는 눈꺼풀을 문질러댔다.

'휴, 벌써 아침이구나.'

다리를 질질 끌어 가까스로 주방으로 나왔다. 아직 찬장의 식기들도 곤히 잠을 청하고 있는지 고요했다. 이제는 내가 알람인 척 잠자는 그들을 흔들어 달그락거렸다. 곤히 자고 있는 불판을 손짓 한 번에 깨우자 오래된 냉장고가 기지개를 켜며 하품을 했다. 떠오른 해가 방긋하자 주방에 활기가 돋았다. 거실의 블라인드를 젖혀 살짝 창문을 열고 차고 달큰한 공기를 맞았다. 열린 틈으로 분주하게 아침을 울리는 경적소리와 차 구르는 소음이 귀를 괴롭혔다. 우리 집은 도로

가에 있어 그런지 늘 소음이 잦아 창문을 닫고 살지만 아침은 예외다.

까치발을 들어 아이의 방을 향해 걸어갔다. 미동 없이 들어가면 자고 있는 그의 숨결을 잠시나마 느껴볼 수 있다. 여전히 아이의 살결에는 아기향이 배어 있어서 포근했다. 등을 돌린 채 자고 있는 아이의 귀에 입술을 가져갔다. 거친 숨소리가 귓바퀴에 도는지 손가락으로 귀를 후비고는 다시 잠이 들었다.

"좋은 아침, 이제 그만 일어나렴."

10살이 된 아이지만 내겐 아직도 아기 때와 별반 다르지 않은 모습이다. 그의 목소리가 변하고 키가 나를 훌쩍 뛰어넘는 그날이 되면 어떨까. 언젠가 길을 가다가 군복 입은 건장한 사내를 와락 껴안으며 "장하다, 내 새끼."라며 엉덩이를 토닥이는 어느 어머니를 스친 적이 있었다. 어깨 너머로 흘겨본 모자의 모습이 부대꼈는지 오랫동안 잊히지 않았다. 이제와 생각해보니 그들이 좀체 낯설지가 않다.

'오늘은 뭐 먹지?'

끼니마다 스스로에게 숙제 같은 질문을 했다. 식구라곤 남편과 아들 둘뿐인데 모두 입맛이 까다로워 어제 내준 음식에는 손도 대지 않는다. 김치에 밥만 말아먹어도 잘만 크고 자란 나와는 정반대다. 내가 자라온 방식을 고수하고 싶지 않아 가족을 배려하는 셈 치고 요리를 시작했다. 그렇다고 자신 있게 내놓을 만한 음식이 많지도 않았다. 해도 해도 안 되는 게 있다면 내겐 요리가 그것이다. 분주하게 칼질을 하고 부스럭거려도 결국 식탁 위는 간소하게 채워졌다.

주먹밥이나 계란 비빔밥 때로는 국밥으로 한 끼를 대신했다. 상위의 음식들은 하나같이 맛이나 비주얼적인 부분보다 열정과 노력에 후한 점수를 받았다.

'싫어'병이 도지는 그런 날은 대충 빵이다. 토스트기에 식빵을 넣고 버튼을 누르면 그 사이 잼과 커피 또는 우유를 준비했다. 아침 빵은 순식간에 입속으로 사라져갔다. 밥맛보다 빵맛이 좋다며 엄지를 치켜드는 아들, 옆에서 슬며시 내 눈치를 보는 남편은 얄밉고도 귀여운 존재다.

출근을 하고 등교를 하는 그들을 집에서 떠나보내면 축 늘어질 틈이 없다. 집안일과의 전쟁이 시작되기 때문이다. 산처럼 쌓여 있는 설거지와 빨래, 먼지뭉치와 어질러진 허물을 상대해야 했다. 나는 엄마이며 아내이고 동시에 집사였다. 세 가지 '업'은 등교를 하거나 출근을 하는 식구들처럼 내게 주어진 사명이었다. 나는 아침마다 빨리 감기하듯 분주하게 움직였다. 세탁기를 돌리고 빨래를 개고 설거지를 하고 식기를 정리하고 청소를 하고 바닥을 닦으면 이마에 땀방울이 송골송골 맺히다가 흘러내렸다. 그건 고귀한 노동의 상징과 같았다. 집안일을 끝내고 시계를 보면 대략 오전 10시 전후였다. 이 시간을 기준으로 약속이 있는 날과 없는 날의 움직임이 달라지곤 했다. 아무런 약속이 없는 날의 동선은 한결같다. 얼음을 동동 띄운 물 한 잔을 벌컥 들이마시고 캡슐커피 머신 앞에 서서 진지한 고민을 시작했다. 고소한 맛, 신맛, 진한 맛 중에서 그날의 기호에 따라 캡슐 하나를 고르고 커피를 내렸다. 작은 몸집에서 요란한 소리가 윙윙대면 금세 커피 한 잔이 만들어졌다. 코를 대고 향을 음미하며 홀짝거리면 피로가 한 방에 사그라졌다. 노동 후의 커피 한 잔은 내게 진한 여운을 선물했다. 먼지 없이 깔끔해진 바닥에 빛이 새어들면 수고했다고 자찬하며 집사의 업무를 마감했다. 그런 후에는 핸드폰으로 그날의 기사를 손가락으로 훑었다. 여기저기 사이트를 보다 보면 한 시간이 훌쩍 지나갔다. 소파 위에 덩그러니 놓인 책 한 권을 펼치거나 TV를 켜고 몸을 기대면 눈 깜짝할 새 아이의 하교 시간이었다. 초등학생을 둔 엄마의 쉬는 시간은 짧은 만큼 아쉬웠다. 학교에서 여느 엄마들과 마주치면 말 맞추기라도 한 듯 같은 아쉬움을 토로했다.

"많이 바쁘시죠?"

"그러게요. 왜 이리 바쁜지 모르겠네요."

짬이 나지 않을 정도로 바빠서가 아니라 전보다 부족해진 잉여시간이 아쉬워 곱씹는 한마디였다. 행여 바쁘지 않으면 업의 할당량을 충실히 해내지 않는 사람으로 오인할까 봐 애써 에둘러댔다.

외골수 같은 성격 탓에 내 삶은 늘 건조한 바람을 타는 편이다. 결혼하면서 인적 네트워크가 굉장히 단순해졌는데 거기엔 남편과 아들, 시댁과 친정으로만 나눠져 있을 뿐이다. 누군가의 부름이 있다거나 참여하는 모임 같은 것도 없다. 획일적이고 좁은 틈에서 살다보니 가끔씩 한숨이 깃들 때가 더러 있다.

얼마 전 아이를 데리고 실내 동물원에 갔다. 나 또한 어렸을 적 책

속의 동물들을 실제로 마주할 때마다 신기했고 신이 났었다. 아이는 그때의 내 눈처럼 호기심으로 가득 차 있었다. 앞장서 뛰어가며 동물에게 손을 내밀고는 먹이를 주거나 쓰다듬었다. 그곳은 길을 따라 투명한 유리로 된 우리들이 다닥다닥 붙어 있었다. 관람 길의 모퉁이를 돌 때마다 다양한 동물들이 유리창 너머로 멀뚱하니 서 있었다. 다가가고 싶어도 다가갈 수 없는 벽을 사이에 두고 사람과 동물이 시선을 교감했다. 순간 어려서는 몰랐던 동물의 안타까움과 가련함에 코가 찡긋거렸다. 벗어나지 못하는 좁은 공간에서 똑같은 매일을 사는 일은 어쩌면 절망스런 삶일지도 몰랐다. 끝도 없이 펼쳐진 들판으로 뛰쳐나가고 싶은 욕구와 달리고 싶은 욕망에 사무칠 수도 있었다. 그래서 빙글빙글 제자리라도 도는 것이 아닐까. 발로 꾹꾹 욕망을 밟고 욕구를 눌러서 그렇게라도 참아보려고. 동물원에는 제자리를 도는 정형 행동을 보이는 동물이 여럿 있었다. 그들을 가리키며 관리인이 말했다.

"스트레스를 받아서 이따금씩 나오는 행동이니 곧 괜찮아질 거예요."

괜찮지 않은 동물에게 썩 어울리는 말 같지는 않았다. 그런 동물을 바라보는 사람들도 제각각이었다. 스트레스를 받을 만큼 얼마나 힘들까라는 말이 들리는가 하면 적을 피해 도망 다닐 일도 없고 먹잇감을 구하지 않아도 되니 안락한 삶이라고도 했다.

전업 맘의 삶을 바라보는 시선도 그랬다. 돈을 벌지 않아도 되는 편안한 삶이라고 했고 가족을 위해 헌신하느라 집안에 매여야 하는 제한된 삶이라고도 했다. 동물원의 동물들은 사람의 손에 잡혀 우리 안에 갇힌 객체지만, 사람은 스스로 원하는 삶을 선택하는 주체이다. 어쩌면 우리에게 있어 행과 불행은 주어지는 것이 아니라 선택하는 것일지도 모른다.

경단녀의 꿈

어느 날 아침, 아이가 뜬금없이 어른이 되면 되고 싶은 꿈이 생겼다며 벅찬 가슴으로 내게 귓속말을 전했다.

"전 커서 고양이가 될래요."

아이의 꿈은 고양이 후로도 변신하는 로봇, 반짝이는 보석, 마트 주인, 아빠의 운전기사, 군인, 화가, 유튜버 등 시간에 따라 다양하게 변해갔다. 꿈도 사람처럼 진화됐다. 부모가 종용하지 않아도 아이는 꿈을 먹고 꿈을 꾸고 꿈을 위해 매일을 살았다. 며칠 전 다시 아이의 꿈을 물어보았다. 도리어 아이는 엄마의 꿈을 궁금해했다.

"엄마도 꿈이 있나요?"

순간 머릿속이 뿌연 연기로 가득 찼다. 그러고 보니 이제와 내 꿈의 이정표를 찾기란 여간 어려운 게 아니었다. 할 일을 미루듯 꿈도 미루며 살았던 날이 주마등처럼 스쳐갔다. 나는 꿈을 꿀 때마다 아이를 붙잡아 그 꿈 앞에 내밀곤 했다.

"아이가 아직 어려서 말이죠."

임신을 하고 배가 커지면서 배 속 장기들이 눌리자 불통의 증상들이 속출했다. 보이지 않는 내 정신세계에서도 같은 일이 벌어졌다. 아이를 향한 관심과 기대가 커질수록 내 꿈은 구석으로 몰려 납작하게 변형됐다. 꿈은 좀체 자유롭거나 유동적이지 않아서 금세 퇴화되고 말았다.

아이가 태어나자 만 세 살이 될 때까지는 주 양육자가 바뀌는 게 좋지 않을 수 있다는 속설을 따르며 다시 한쪽으로 꿈을 제쳤다. 그 안에는 도전, 시작, 용기가 뜨거운 용암처럼 꿈틀댔다. 언제고 맘만 먹으면 분출할 수 있을 정도였다.

아이가 만 세 살이 넘어가자 반경이 넓어져 엄마의 관심과 주의를 더욱 필요로 했다. 세 살의 기적 같은 건 없었다. 나는 그때쯤 육아시설에 잠시 아이를 맡기기도 했다. 허나 엄마를 찾는 애절한 통곡소리에 발을 동동 구르다가 다시 아이를 안고 집으로 돌아왔다. 나를 필요로 하고 있는 아이를 위해 엄마의 자리에서 한시도 벗어나면 안 되겠다는 결심이 단단히 서고 말았다. 그때까지만 하더라도 사회로의 재도약은 그럼에도 가능한 정도의 가능성이었다. 그에 반해 커가는 아이를 보는 기쁨의 몸집은 갈수록 거대해졌다.

유치원 입학을 앞두고 젓가락질도 서툴고 조리 있게 말도 잘 못하는 아이가 걱정됐다. 과연 단체 생활을 잘 해낼 수 있을까 하는 근심을 머릿속에 채우느라 꿈은 뒷전으로 밀려나기 일쑤였다. 아이는 예상한 것보다 훨씬 더 단체 생활에 잘 적응하며 즐거워했다. 그 시간만큼이나 드디어 내게도 여유시간이 주어졌다. 그제야 볼품없이 작아져 미동 없는 꿈을 가만히 들여다보았다. 일말의 가능성은 희미한 흔적이 되어 힘을 잃은 지 오래였다. 경력이 단절된 5년은 급변하는 사회에서는 딱 곱절의 시간만큼 빠르게 흘러가 있었다.

그런 사회는 나를 거부하기라도 하듯 더욱 촘촘한 그물망으로 엮였다. 빛을 잃어 초라해진 커리어로는 역부족이자 나는 과감히 경력을 벗고 하고 싶은 일에 도전장을 냈다. 아주 작은 크기의 능력치로 사회의 그물망 안을 여러 번 오가기는 했지만 확고히 자리 잡지는 못했다. 들락날락거리는 자유로움 대신 묵직함은 채워지지가 않았다.

그러한 탓에 여럿 크고 작은 회사의 정규직에 이력서를 내고 면접을 보러 다녔다. 면접장 어디서나 같은 질문이 나를 따라다녔다.

"아이가 아프면 회사 일은 어떻게 하실 거죠?"

아이를 키우는 내가 회사 일에 전적으로 전념할 수 없을 거라는 의심을 전제로 둔 질문이었다. 나는 A와 B의 답변을 나름 합리적으로 구상했다.

A의 답변: 가까운 가족에게 아이를 맡겨 상태를 체크하되 회사 일에는 지장 없도록 하겠습니다.

B의 답변: 회사 일만큼이나 가정 일도 중요하다고 생각합니다. 일단 상사에게 먼저 알리고 충분한 의견을 나눠보겠습니다.

여러 군데의 면접장에서 A와 B의 답변을 돌려가면서 대답했다. 나는 어느 곳에서도 합격하지 못한 채 정답은 A도 B도 아닌 것으로 결론지었다. 어쨌거나 합격은 아이가 없는 지원자의 몫으로 돌아가곤 했다. 그 기준이 오롯이 능력으로만 평가된 것이었는지는 영영 모를 일이다.

나는 아이의 초등학교 입학을 앞두고 알 수 없는 불안감과 막막함에 한숨을 내쉬는 날이 많았다. 교육이 시작되는 첫 단추가 학교이다 보니 스스로 비장한 각오와 기저를 단단히 다져야만 했다. 오롯이 아이의 교육에 귀 기울이고 길을 닦아 방향을 지시할 때라고 생각했다.

출산하자마자 복직해서 꾸준히 일했던 어느 워킹 맘도 마찬가지였다. 그녀는 학교라는 거대한 장벽 앞에서 결국 무릎을 꿇었다. 그녀 역시도 학부모의 역할이 직장의 지위보다도 무겁고 절실하게 다가왔다. 또 그동안 일과 가정의 균형이 균등하지 못했다면서 이제야말로 하나에 전념할 때라고 덧붙였다. 학부모라는 무게감은 누구에게도 결코 가볍게 다가오지 않았다. 그런 내 옆의 아이는 내 맘을 아는지 모르는지 학교 다닐 일에 마냥 들떠 있었다.

아이가 초등학생이 되자 엄마의 역할은 역시나 분주해졌다. 혼자만의 여유시간도 충분하지 않았다. 때로 교육과 관련된 소소한 정보를 얻기 위해서 만남의 시간도 자주 할애해야 했다. 그 틈에 나의 꿈은 다망함 속에 까맣게 잊혀져 갔다. 어느 날 아이 친구의 엄마가 불쑥 내게 꿈을 물어보았다. 나는 생각할 겨를도 없이 대답했다.

"요즘은 축구선수가 되고 싶대요."

그녀는 의아한 표정을 지으며 내게 다시 물었다.

"아이의 꿈 말고 엄마의 꿈이요."

나는 그 말을 듣자마자 화들짝 놀라 뒷걸음질 쳤다.

“이 나이에 꿈이 어디 있겠어요.”

무안한 듯 자리를 빠져나오며 지금껏 의식하지 못한 문제들을 하나씩 되짚어 보았다. 나는 삼십대를 불가능의 나이라고 단언했고 꿈의 영역을 부정하며 살았다. 아이와 상관없는 나만의 꿈은 엄마의 역할을 등한시하는 거라고 오인했다. 애써 감춰서 들춰보지 않았던 문제들이 그 순간 한꺼번에 소용돌이치며 몰려왔다.

몇 해 전까지 나는 직업을 꿈이라고 여기며 직장을 고르는 일에 매진했다. 비로소 수많은 직장을 거치고 나서야 직업은 꿈의 단편이지 전부가 될 수 없다는 걸 깨달았다. 눈에 보이는 반짝이는 것을 후련히 떨쳐내자 좋아하는 책 속에 파묻혀 미소 짓고 있는 나를 보았다. 나는 더 이상 꿈의 모양을 거대하게 그리지 않기로 했다. 여러 빛깔의 소소한 꿈을 한 손에 쥐고 있는 기쁨은 생각보다 훨씬 좋았다. 그렇게 책을 읽고 글을 쓰는 엄마와 아내의 삶을 꿈으로 삼자 순간마다 꿈이 실현되는 벅찬 감동을 선물 받았다. 그러자 집에서 부대끼는 온 시간이 귀한 보석처럼 소중해졌다.

39살, 꿈꾸기 아직 좋은 시절이다.

아들 맘, 딸 맘, 어린 맘

아이가 초등학교에 입학하고 얼마 지나지 않아 학부모와의 사사로운 만남이 자주 있었다. 그런 날에는 집안일을 서둘러 끝내거나 뒷전에 두고 나를 꾸미는 시간에 공을 들이곤 했다.

평소에 바르지도 않던 립스틱을 고르고 정수리에 한껏 볼륨도 집어넣었다. 그런 후에 옷장을 활짝 열어젖혀 구석진 곳까지 손을 뻗었다. 잠자고 있던 옷들을 거울 앞으로 꺼내면 오르내리는 손길로 분주했다. 바닥에는 선택받지 못한 옷들이 주름진 채 어질러지고 말았다.

촉박해지는 시간 탓에 구겨진 옷을 성큼성큼 밟고 다녔다. 가보마냥 고이 숨겨둔 제법 값나가는 귀고리와 반지도 꺼냈다. 오래간만인지 새롭고 낯선 느낌이 곧잘 묻어 있었다. 역시 여자와 보석은 뗄 수 없는 관계라고 고개를 끄덕였다. 립스틱을 진하게 바른 입술을 부비고 나면 아이를 위해서라도 초라하게 보일 수 없다는 강한 비장함이 어깨에 서렸다. 그때 주름진 엄마의 젊음이 갑자기 모락모락 피어났다.

내가 초등학교를 다닐 때의 엄마는 지금의 나와 전혀 다른 모습이었다. 어깨에 비장함을 메고 학교 모임에 참석한 적은 단 한 번도 없었다. 엄마의 그런 무심함은 어린 마음을 파고들어 한기를 서리게 했다. 담임선생님은 학부모 상담에 오지 않은 학생은 한 사람뿐이라며 교탁 앞에서 차갑게 나를 지목했다. 부모의 사랑과 관심을 받아본 적 없을 거라는 의심 어린 시선이 사방에서 몰리자 얼굴은 벌게지다 못해 파랗게 변해갔다. 부끄러움을 타면서도 힐끔거리는 친구들의 눈을 날카롭게 흘겨보았다. 자꾸만 불참의 이유를 설명해보라는 선생님의 질문에 결국 마지못해 대답했다.

"선생님, 저희 집에 셋째 동생이 태어났어요. 엄마가 정신없이 바쁘시데요."

내가 초등학교 3학년이던 해에 셋째 동생이 태어났다. 그 후로 4학년, 5학년, 6학년이 되어서도 핑곗거리는 변치 않았다. 그렇게 셋째 동생은 4살이 될 때까지도 자라지 않는 신생아였다. 그것만큼 확실한 변명이 없었다.

엄마는 셋째 동생을 낳고서 자주 눈이 부었다. 벌게진 눈으로 학교에서 돌아온 나를 맞이하는 날이 많았다. 외할머니가 집에 놀러온 어느 날, 나는 엄마의 눈병을 짐작할 수 있었다. 할머니는 문을 닫고 들어가 공부하라고 했지만 나는 문을 살짝 열어두고 공부하는 척했다.

"쯧쯧, 불쌍한 것. 아들이었으면 얼마나 좋았을꼬."

엄마는 훌쩍거렸다. 그러곤 애가 타듯 말을 이었다.

"어떻게든 살아야지. 내 핏줄인데."

"아들이라도 있었으면 의지할 구석이라도 있지, 어쩌려고 줄줄이 딸만 셋이라니, 아이고."

주방의 오래된 냉장고가 웅웅거리기 시작했다. 저만치 떨어진 거실에서도 비슷한 소리가 들려오기 시작했다. 자세히 듣고 싶어서 문짝에 귀를 바짝 붙였다. 거실에서 들리는 소리는 냉장고가 울어대는 소음과 확실히 달랐다. 그건 엄마의 목청에서 새나온 울음 소리였다. 두 가지 소리가 내 방 안에서 불협화음처럼 섞이자 적막한 기운이 맴돌았다. 나는 의자에 앉아서 낯선 리듬을 따라 연습장 위에 연필로 선을 찍찍 그었다. 힘이 셌는지 연필이 지나간 자리마다 종이가 갈라져 너털너털해졌다. 엄마의 마음이, 그런 엄마를 바라보는 나의 마음이 그 종이와 같았다.

엄마에게 아들이라는 존재는 의지하고 싶은 것 이상이었다. 우리 집의 유일했던 남자인 아버지가 집을 비우는 날이 많아지면서 엄마는 집안의 가장 역할을 대신 짊어졌다. 엄마에겐 그 역할을 배분할 만한 가족이 필요했다. 아들을 간절히 바랐던 이유다. 그런 엄마에게 줄줄이 딸의 탄생은 받아들이기 힘든 현실이었다. 손쓸 수도 없이 비집고 나오는 아쉬움과 막연함은 셋째 딸을 낳고서 절정에 달아 매일 밤을 눈물로 지새웠다. 몇 날 며칠을 실망 속에서 허우적대던 엄마는 겨우 현실을 받아들이기로 한 모양이었다. 힘없이 축 처졌던 눈꼬리가 바짝 올라갔고 나를 부르는 날이 많아졌다. 엄마의 부름에 달려가면 배움의 자세에 돌입해야 했다. 엄마는 종종걸음으로 달려온 내게 셋째 동생의 기저귀를 갈아입히는 방법, 우는 아이를 달래는 방법, 우유를 타는 방법 등을 알려주었다. 또 자지러지게 울고 있는 동생을 품고서 어르고 달래는 훈련을 받기도 했다. 겨우 열한 살, 가끔씩 신발을 잘못 신거나 친구들과 뛰노는 게 가장 좋기 만한 나이였다. 그럼에도 울고 있는 엄마의 눈물을 닦아주는 일보다 간절한 건 없었다.

학교를 마치면 셋째 동생을 돌보기 위해 부리나케 집으로 달려갔다. 엄마의 애잔함과 육아의 버거움에 남몰래 눈물을 훔치면서도 잽싸게 이동했다.

엄마는 셋째 동생의 돌이 지나자마자 취업전선에 뛰어들었다. 자식이 셋이나 됐으니 없던 살림이 휑해질 만도 했다. 나는 엄마의 빈자리를 지키는 언니 같은 엄마가 되어 두 동생들을 돌봤다. 친구들의 같이 놀자는 외침이 문밖에서 들릴 때마다 마중 나간 두 발을 애써 집안으로 끌어들였다. 행여 엄마 없는 빈자리가 영원할까 봐 지레 겁을 먹고는 엄마를 실망시키지 말자고 다짐했다. 그럴수록 포대기에 셋째를 업고 달래며 깊은 잠을 재웠다. 늦은 밤, 일을 마치고 돌아온 엄마는 동생들 옆에서 잠들어버린 내 어깨를 따듯이 흔들었다.

"큰딸, 고생했어. 얼른 방에 들어가서 편히 자."

나는 벌떡 일어나 눈을 비비며 엄마 품에 안겼다. 하루 종일 그리웠던 엄마의 향기가 가슴에 퍼지면 불안이 구석으로 밀려났다. 그제야 내게도 고요한 밤이 찾아왔다.

나는 임신을 하고서 유난히 아이의 성별이 궁금했다. 외할머니와 엄마가 그토록 바랐던 아들을 바라는 사람처럼. 그저 엄마가 하지 못한 걸 나라도 해야 한다는 강박 같은 것이었다. 그런 이유로 아들의 성별을 확인하자 방방 뛰면서 감격에 겨운 날이 있었다. 그 희열을 전해주려고 엄마에게 전화를 걸어 가장 먼저 소식을 알렸다. 엄마는 나만큼이나 감격에 겨워 기뻐했다.

며칠 전 엄마는 외할머니의 말을 그대로 따라서 내게 말했다.

"딸이라도 있으면 나중에 의지할 구석이라도 있을 텐데. 쯧쯧."

부쩍 주위 사람들에게 세 딸을 흔한 자랑처럼 말하고 다니는 엄마였다. 딸들의 존재로 버텨낸 인생이라고 미소 지어 보이는 날도 더러 있었다. 하기야 엄마의 아들 선호 병이 씻은 듯이 나을 때도 됐다.

반 모임? 맘 모임! 말 모임

같은 반 엄마들과 친목 도모를 위해 밥 한 끼 같이 먹기로 한 날. 사뭇 긴장되고 쑥스러워 아침밥도 잘 먹히지가 않았다. 나는 단단히 채비를 하고 모임이 있는 장소로 향했다. 엄마들은 하나같이 아이의 모습과 언뜻 혹은 완벽한 듯 닮아 있었다. 한 테이블에 둘러앉아 상냥하게 자신을 소개했다. 처음 만났지만 또래의 아이를 키우는 공감대 때문인지 서먹함이 금세 풀어졌다. 화려한 옷차림과 불편한 구두를 신고 있는 그들은 저마다 풍겨오는 향도 달랐다.

몇 마디 말이 오가자 서로를 향한 물음표가 여기저기 떠다녔다. 그렇다고 서로의 속사정이 궁금하다는 내색은 한 치도 드러내지 않았다. 입을 씰룩거리며 하고 싶은 말을 누를 때마다 그들도 내뱉지 못할 말을 꽁꽁 숨기듯 어색한 미소를 지어보였다. 침묵의 시간은 자주 길게 찾아왔다. 자칫 여과되지 않은 말로 숨기고 싶은 본심이 드러날지도 몰라서였다. 평온해 보이지만 평온하지 않은 고요한 시간만 속절없이 흘렀다. 그 와중에도 분위기를 살려보려고 모두의 관심사를 넌지시 꺼내는 사람이 있었고 호탕한 목소리로 시선을 사로잡는 분위기 메이커도 있었다. 대화의 물꼬가 조금씩 트이자 분위기는 얼음이 녹는 온도쯤 달아올랐다.

나는 그들의 말을 집중하면서도 상체를 살짝 들어 올렸다가 꼿꼿이 세웠다. 다소곳이 커피 잔을 들거나 내려놓으며 부딪히는 소리가 나지 않게 조심했다. 경청하고 있다는 제스처로 끊임없이 고개도 끄덕였다. 가끔씩 눈을 가리는 잔머리를 귀로 살짝 쓸어 넘기며 새침한 미소도 함께 얹었다. 거울 보듯 나와 비슷한 행동을 하는 사람도 있었고, 다른 시선 따위는 신경 쓰지 않는 듯 털털하게 행동하는 사람도 있었다. 음식을 조금씩 깨작거리다가 누군가의 재치로 웃음이 터져 나올라치면 이내 손으로 입을 가리곤 뒷발질을 했다. 첫 만남은 어쨌거나 나긋나긋함이 콘셉트이고 싶었다.

분위기가 무르익자 몇몇은 엄마라는 명찰을 내려놓고 여자의 이름표를 달기를 원했다. 당황한 눈빛이 오가며 서로의 눈치를 살폈다. 그럴 것이 ○○엄마로 수년을 살았던 사람들에게 본인의 이름을 공개하는 시간은 민낯을 드러내는 듯 부끄럽고 어색했다. 누군가의 시작으로 파도를 타듯 본인의 이름을 소개했고 힘찬 박수가 이어졌다. 내 이름을 오랜만에 부르려니 맞지 않는 옷이라도 입은 듯 불편함이 걷히지 않았다. 직장을 다닐 때 이후로 오랜만에 내 이름을 불러보니까 조금 새롭기도 했다. 본인의 이름을 소개한 얼굴들은 이미 벌겋게 달아오르고 있었다.

반 모임 안에서는 작은 사회가 형성됐다. 그곳은 엄마들끼리만 아는 세상, 거기다 여자만 아는 감정 영역이 펼쳐지곤 했다. 그래서인지 조우했지만 마냥 조우할 수 없었고 묶여 있지만 쉬이 뭉쳐지지 않았다.

선우엄마로 불리던 내 이름은 언젠가부터 다루 씨가 되었고 또 누군가는 언니라는 호칭으로 나를 불렀다. 아이엄마로 만났던 반 모임은 시간이 지나면서 두터운 정도 쌓이자 여자 모임의 성격을 띠며 좀 더 복잡해져 갔다. 마음이 맞는다는 이유로 몇몇이 따로 모이게 되면서 또 다른 작은 모임이 결성되었고 세포분열 하듯 다시 쪼개지며 나눠졌다. 그럼에도 서로의 처지가 궁금하기도 하고 호감이 있어서인지 자주 만나 이야기꽃을 피웠다. 그 안에서 오가는 말은 아주 작은 씨앗에 불과했다. 입에서 입으로 건너간 씨앗은 금세 몸집이 자라서 떡잎이 생겼고 가지가 돋았다. 거대해진 말은 씨앗의 모습을 찾아볼 수 없이 변해 있었다. 그래서인지 누군가는 들었는데 말하는 사람은 없었고 또 누군가는 말했는데 그렇게까지 말하지는 않았다고 했다. 쇠줄로 묶이고 포승이 둘러진 말은 때때로 사방을 돌아다니기도 했다. 그런 이유로 여자 모임은 돈독해지는 만큼 빈정 상하는 날도 제법 많았다. 그럴 때면 호칭부터 달라지곤 했는데 언니가 아이엄마로 불리는 역순을 맞고서야 관계는 종료되었다.

반 모임이 점점 들쑥날쑥 얼기설기해지자 피곤함을 호소하거나 단절하는 사람들이 늘어갔다. 나 또한 그런 이유로 모임을 나가는 일이 꺼려졌다. 분명 초등학교는 아이가 다니고 있었는데 이상하게도 내가 학교를 다니고 있는 것만 같았다. 교실 안에서 벌어졌던 여자들끼리의 어울림과 소외감을 또다시 느끼며 살고 있는 듯했다.

나는 초, 중, 고를 다니는 동안 항상 짝을 지어 다니곤 했다. 화장실을 가거나 음악실로 이동할 때에도 혼자서 움직이는 일은 거의 없었다. 비단 나뿐만은 아니었다. 한 반에 모인 여학생들은 모두들 여럿 소그룹으로 나뉘어 손을 잡거나 팔짱을 끼고 다녔는데 이런 스킨십은 친밀감을 드러내는 척도가 되기도 했다.

초등학교 6학년 때 일이다. 나는 남자친구들과도 스스럼없이 지내곤 했는데 함께 모여 다니던 한 명의 여학생이 이런 나의 행동을 못마땅하게 생각하곤 했다.

"너 남자애들이랑 놀지 마."

그녀는 가끔씩 입을 삐죽 내밀고 내게 볼멘소리를 해댔다. 나는 이유를 물었고 대답은 한결같았다.

"우리끼리만 친하게 지내면 되잖아."

마치 무언의 약속인 것처럼 그녀는 단호했다. 그럴 것이 그녀는 소속감을 내세워 집단 속에서 안정과 만족을 추구했다. 그 집단에 속하지 않은 다른 학생들에게는 항시 적대감을 드러내곤 했다. 나는 짝을 이뤄 다니는 것도 좋았고 반 친구들과 섞여 노는 것도 즐거웠다. 그녀는 이런 내가 괘씸했는지 어느 날부터인가 모여 다니는 친구들에게 귓속말을 하기 시작했다. 나를 쳐다보면서 귓속말을 하는 그녀를 볼 때마다 불쾌하다가 이내 의기소침해졌다.

며칠 후 그녀는 귓속말을 전해들은 친구와 뭉쳐 다니기 시작했다. 운동장을 갈 때나 급식실을 갈 때에도 멀찌감치 나를 내팽개치고 걸음을 서둘렀다. 홀로 남겨진 나는 다른 친구들 틈에 끼어 다니거나 혼자서 움직여야만 했다. 그러면서 나의 잘못이 무엇인지 스스로를 추궁하곤 했다. 그렇게 한 달쯤 지났을까. 그녀로부터 귓속말을 전해들은 친구가 내 옆에 다가와 귓속말을 하기 시작했다.

"비밀인데 쟤가 네 욕하고 다니더라."

시간이 지나서였는지 끓어오르는 분노 같은 건 다행히 생기지 않았다. 두 사람에게서 떨어져 지낸 시간은 함께 지냈던 시간보다 훨씬 편했다. 내 마음과 통할 리 없던 그 친구는 어느새 다가와 아무렇지 않은 듯 팔짱을 꼈다. 우리의 모습을 지켜보고 분을 삭이던 그녀가 어느 날 내게 작은 쪽지를 건넸다.

곱게 접은 쪽지 앞면엔 '꼭 혼자만 볼 것'이라는 경고 문구가 새겨져 있었다.

'사랑하는 친구야, 네 옆에 있는 친구를 조심해. 하루 종일 네 욕만 하고 다녔어. 우리 사이를 멀게 한 것도 다 저 아이 때문이야. 우리 끼리 다시 사이좋게 지내는 건 어때? 너의 답장을 기다릴게.'

갈대 같았던 그들의 마음은 하루도 가만히 서 있는 날이 없었다. 날마다 태풍전야의 매서운 바람을 몰고 다니며 좌우로 꺾이는 일이 허다했다.

요즘에서야 중2병이라 불리며 어리둥절한 중학생들의 행동을 이해하려는 움직임이 늘고 있다. 나도 딱 그 나이에 중2병을 지독히 앓았다. 어느 누구도 언급하지 않았던 감정과 사무치도록 고독하게 싸우면서 그 시절을 보냈다.

열다섯 살, 남들만큼 해주지 못하는 부모의 무능은 내가 가진 최악의 패라고 여겼다. 때문에 부모의 목소리는 고막을 할퀴는 통증으로 번져갔다. 먹고 싶고 갖고 싶은 것이 생길 때마다 불만과 불평은 곱절로 늘어갔다. 썩 잘하지 못하는 공부가 점점 뒤처지면서 학교를 낙오자가 된 기분으로 다니기도 했다. 학교는 공부 잘하는 우등생에게만 우호적인 것 같았다. 유독 내게만 불평등하고 부당한 곳 같았다. 그런 감정이 쌓일수록 헛헛하게 주변을 맴돌았다. 수업시간에 집중하지 않는 것은 기본이고 등교가 늦거나 양호실에서 시간을 보내기 일쑤였다. 그렇게 언저리에 머무르자 주위에 흩어진 아이들이 나를 응시하기 시작했다. 학교의 무뢰한 같은 까진 아이들이었다. 그들은 저마다 치맛단을 바짝 올리고 신발의 뒤축을 접어 질질 끌면서 교정을 활보했다. 블라우스 앞단추를 두세 개쯤 풀어 헤치고 우두머리를 중심으로 줄을 맞춰 다녔다. 때로는 내 어깨에 팔을 털썩 올리고 친한 척을 하는가 하면 수업이 끝나면 교문 앞을 서성이며 저만치서 걷는 나를 격하게 반겼다. 그들의 우두머리는 튕겨나가는 나를 붙잡고 가끔씩 협박을 늘어놓기도 했다.

"야, 같이 다니면 좋잖아. 여기로 와서 붙어."

우두머리 학생은 학교에서 뭇 여학생들의 사랑과 관심을 받던 남성미가 물씬 풍기던 여학생이었다. 내가 다녔던 여자중학교에는 남성적인 여학생을 이성화하며 좋아한다고 고백을 하는 학생들이 더러 있었다. 그러자 우상화되어 팬클럽이 만들어지기도 했다. 그들은 온갖 선물공세를 하고 러브레터를 보내며 가슴앓이를 했다. 단절된 이성에 대한 본능이 잘못 풀려버린 것이다.

우두머리 학생은 짧은 커트머리에 얇은 은색 테 안경을 꼈다. 저음의 목소리에 제스처 또한 커서 평범한 여학생의 분위기와는 달랐다. 교복치마만 아니었다면 언뜻 봐도 남학생의 모양새와 비슷했다.

화단의 식물이 진한 녹음을 뿜어내는 어느 날이었다. 누군가가 내 어깨를 강하게 밀쳤다. 이유 없이 나를 밀친 아이는 입꼬리를 한쪽으로 씩 올리더니 껄렁한 무리 속으로 황급히 뛰어갔다. 그때 내 옆에 있던 한 친구가 넌지시 말을 건넸다.

"저기, 네 가방 열렸어."

그날은 마침 학교에서 회비를 걷는 날이었다. 8만 원이 든 봉투가 가방 앞주머니에 있다는 사실이 뇌리를 스쳐갔다. 엄마의 부르튼 손이 건네준 돈 봉투는 내겐 천금보다도 무거운 어떤 것이었다. 먼발치에서 엄마의 봉투를 숨기며 킥킥대는 그들을 보자마자 나는 맹수처럼 달려가 무리를 헤집었다. 엄마의 땀과 눈물을 단숨에 빼앗긴 것처럼 분노는 갑절이 되어 폭발하고 말았다. 언제부터 화단 위에 뒤엉켜 있었는지도 모르게 내 몸은 그들의 손아귀에 끌려다녔다. 무리 속에

에워싸인 나는 똑같도록 일그러진 표정들을 차례대로 마주했다. 느와르 영화의 슬로 모션처럼 여러 사람의 발이 내 등과 어깨를 사정없이 내리찍었다. 나를 둘러싼 아이들 틈으로 멀리서 호루라기를 불며 달려오는 경비아저씨가 흐릿하게 보였다. 그리고 어디선가 눅눅한 곰팡이 냄새가 스멀스멀 올라왔다. 나는 그 와중에도 음지에 사는 사람의 냄새가 이런 것일지도 모른다고 생각했다.

여자들의 뭉치거나 흩어지는 양상은 어른이 되어도 변함없이 존재했다. 무리 안팎의 소속감이나 무력감은 어쨌거나 내 인생에서 그리 이로운 영향을 끼친 적이 없었다. 그러자 떼를 지어 다니는 무리를 보아도 더는 흔들리거나 휩쓸리지 않았다. 오로지 뚝심을 잃지 않고 내 방향만 직시하며 살고자 했던 이유다.

학부모라는
이름으로

청담동에는 며느리 스타일이 있듯 학교에서는 학부모 스타일이 알게 모르게 존재했다. 화려하거나 독특하지 않고 단정하면서도 맵시 있는 학부모 스타일은 언뜻 생각해도 난해하기만 했다. 그렇다고 뒤축이 없는 슬리퍼나 해진 운동화를 신고서 아이의 학교에 갈 수는 없는 노릇이었다. 청바지만 켜켜이 쌓인 옷장 안의 옷들로 학부모 스타일을 만들어내기란 여간 힘든 게 아니었다. 뿐만 아니다. 선크림조차 바르는 걸 귀찮아하던 내가 교문 앞이라도 지나가는 날이면 온갖 화장품으로 얼굴을 가리느라 바빴다. 헝클어진 머리도 차분하게 매만져야 했고 주머니에 손을 넣거나 껌을 씹는 것도 조심스러웠다. 학부모가 되는 일은 선도부 앞에 선 단정한 나를 소환시키는 일과 같았다.

그날은 뭐가 그리 바빴는지 화장을 하거나 옷을 갈아입을 여유도 없었다. 수업이 끝나서 기다리고 있을 아이를 데리러 정신없이 학교로 달려갔다. 화장기 없이 추한 차림일수록 아는 사람을 꼭 만나는 법. 그날도 역시나 모임에서 자주 만난 어느 엄마를 우연히 교문에서 마주쳤다. 그녀는 나를 스캔하듯 쭉 훑어보더니 이내 입을 열었다.

"선우엄마, 나는 괜찮은데 다른 엄마들이 수근대요. 다음부턴 이런 거 입고 다니지 마요."

그녀는 조언인 듯 충고인 듯 당부의 말을 전하고 측은하게 나를 바라보며 돌아섰다. 아이를 데리고 집으로 오는 내내 그녀의 말을 곱씹어보았다.

볼품없는 내 행색으로 그녀가 언짢아야 할 이유가 있는 것인가. 아니면 엄마의 초라함이 아이의 자존감과 맞먹는 일인가. 그나저나 왜 남들의 시선 따위에 얽매이는 것인가. 그 뒤로도 한동안 말없이 깊은 생각에 잠겨 있었다.

샤넬 백을 들고 있다고 좋은 엄마이고 싸구려 가방만 든다고 좋지 않은 엄마가 아니다. 해지거나 늘어진 옷을 입어도 부끄러운 일이 아니고 누추한 행색을 감춰야지만 정당한 것도 아니다. 나는 타인의 시선에 잠시나마 흔들리며 살았던 지난날을 돌이켰다. 명품 옷을 입고 명품 가방을 들고 화려한 장신구를 한 드라마 속 학부모의 잔상을 내게도 고집한 건 아닌지 말이다. 드라마는 드라마일 뿐, 혼자만의 허상에 사로잡힌 시간에서 나는 서둘러 깨어나야만 했다.

요즘 나는 아침에 눈을 뜨면 가족들의 아침을 챙기고 집을 치운다. 그런 후에 운동을 하거나 장을 보러 마트나 시장에 간다. 아이를 데리러 갈 시간이면 양손에 장바구니가 들려져 있거나 땀이 흠뻑 젖은 운동복이거나 둘 중 하나다. 집으로 다시 돌아가 환복하는 일은 없다. 그저 그대로 나를 기다리고 있는 아이에게 헐레벌떡 뛰어갈 뿐이다. 명품가방이 아닌 장바구니를 들고 있어도 이제는 추호도 부끄럽지 않다. 누구보다 부지런하고 당당한 삶을 살고 있는 엄마이기 때문이다. 다행인 건 학교 주위를 둘러봐도 드라마 속 화려한 학부모는 눈을 씻고 찾아봐도 없다.

처음 맘 모임에 참석하던 날이었다. 온갖 겉치레에 신경 써서 잔뜩 치장하고 나간 낯선 자리는 입고 있는 옷만큼이나 몸도 부대꼈다.

평소답지 않은 말투와 자세를 고수하다 보면 어깻죽지가 무겁고 허리는 콕콕 쑤셨다. 추임새를 집어넣는 탓에 입안이 바짝바짝 타들어가기도 했다. 그런 상태에서 음식이라도 한입 머금으면 모래알이 씹히듯 맛도 감흥도 새어나올 리가 없었다. 소화기도 긴장한 탓인지 허기를 눈치챌 틈이 없었다. 빳빳한 위장을 억지로 달래가며 꾸역꾸역 음식을 집어넣었다.

그 안에서는 가벼운 말이 오갔지만 가끔씩 날카로운 심지가 숨겨진 말이 툭 튀어나오기도 했다. 때문에 나는 그들의 이야기에 귀를 쫑긋 세워 집중해야만 했다. 서로를 오가는 눈빛이 뜨겁게 타오르자 탐색전에 능한 누군가의 챔질로 몰랐던 것과 몰라도 될 것들이 단상 위로 널브러졌다. 나는 이내 의자를 뒤로 살짝 빼서 단상과 거리를 두었다. 때로는 유익했고 때로는 무익했던 어색한 만남은 높은 굽의 신발을 신고 있는 나처럼 위태해보였다.

모임을 끝내고 집으로 돌아오자 거추장스런 옷부터 바닥에 벗어 던졌다. 장신구를 풀어헤치고 늘어진 잠옷을 꺼내 입었다. 내 향이 고스란히 베인 옷을 걸치자 편안함이 물씬 다가왔다. 단단하게 말린 어깨가 축 풀리자 이번엔 등이 둥글게 오므라졌다. 곧게 펴느라 경직된 허리도 고무처럼 부드러워졌다. 머리를 돌돌 말아 핀으로 고정시키고는 주방으로 걸어갔다. 냉장고 문을 열고 엄마가 보낸 김치 통을 열어 손으로 한 가닥 쭉 찢어 입속에 넣었다. 그래도 성이 차지 않자 밥솥을 열고 그릇에 밥을 듬뿍 담았다. 모락모락 김이 서린 밥알이 하얗게 탐스러운 동안 손가락은 빨갛게 여물어갔다. 그러고 보니 나는 김치 없이는 단 하루도 살 수 없었다.

Chapter 2

상처

누구에게나 상처가 있다. 그렇지만 누구에게도 상처를 들키지 않으려고 애쓴다. 마치 들켜서는 안 될 숨바꼭질이라도 하듯이. 그럼에도 불시에 상처가 드러나는 일은 흔했다. 누군가는 그 상처를 손가락질하며 수군거렸고 이내 멸시했다. 그러나 손가락질 하는 그들의 삶에도 상처는 넘쳐났다. 상처는 무엇일까? 틀렸거나 잘못된 것일까, 당연하고 자연스러운 것일까. 전자의 생각을 가지면 숨기려들 뿐이고 후자의 생각을 가지면 당당해질 뿐이다. 그러므로 상처도 주름처럼 마땅히 드러나도 된다.

진짜 어른

우리 집 창고에 쌓인 재활용 쓰레기가 온 자리를 차지하며 널브러져 있었다. 내동댕이쳐진 빈 깡통과 폐지를 주워 종이 박스에 빽빽이 구겨 넣었다. 터덜터덜 슬리퍼를 끌고 나와 1층 어느 구석에 마련된 쓰레기장에 들어섰다. 저마다 딱지가 붙어 버려진 물건들이 길을 내고 있었다. 그중에 흠집 하나 보이지 않는 책장과 둥그런 벽거울이 처량한 바람결에 외로이 서있었다. 간절해서 돈을 내고 데려올 때는 언제고 이제와 필요 없다고 버려질 일이라며 마음 한쪽이 측은해졌다.

종이 칸과 플라스틱 칸에 쓰레기를 버리고는 손을 털었다. 순간 구석진 작은 터에 꽤나 몸집 있고 예쁘장하게 생긴 인형에 눈이 흘깃했다.

한 발 앞으로 다가가 자세히 보니 양 갈래의 검은 머리에 흰 앞치마를 두른 눈이 큰 인형이었다. 누군가 밟고 지나갔는지 얼굴에는 발자국이 큼지막하게 새겨져 있었고 어디에도 딱지는 붙어 있지 않았다.

돈을 내고 딱지를 사야지만 쓰레기로 인정되어 수거를 해주는 현실이다. 버리는 행위에도 마땅히 책임이 따른다. 딱지 붙은 물건들은 재활용이 되거나 재탄생의 기회를 얻지만 딱지조차 없는 것들은 영영 버림받아 발에 차일 뿐이다. 그 업이 사람과도 같았다.

내가 중학생이 되자 아버지의 얼굴을 마주하는 일이 뜸해졌다. 아버지는 짐을 싸고 풀기를 반복하며 객인처럼 살았다. 차라리 다행이었다. 주먹을 휘두르는 광경을 보지 않는 것만으로도 생활은 진정됐다. 바람과 같은 아버지를 상대해야 했던 어머니는 견딜 수가 없었는지 어느 날 내게 편지 한 장을 남기고 홀연히 사라졌다. 책상 위에 올려진 낯선 편지를 조심스레 펼쳤다. 도저히 참고 살 수가 없겠다고, 너희들끼리 잘 살기를 바란다는 내용이었다. 책임지기 싫다는 말이 돌고 돌아서 글 속에 처참히 잠겨 있었다.

엄마의 부재보다 당장 어떻게 살아가야 할지 막막해서 눈앞이 캄캄했다. 그럼에도 엄마를 찾지 말아야겠다는 생각이 뇌리를 스쳤다. 엄마의 보석처럼 빛날 수도 있는 인생을 여기에 가두고 싶지 않았다. 엄마의 희생을 더는 바라면 안 될 것 같았다. 반면에 남겨진 두 동생들을 중학생인 내가 떠안고 살아야 한다는 책임감이 나를 무섭게도 짓눌렀다.

거리에 나뒹구는 무료신문을 가져왔다. 바닥에 펼쳐놓고 빼곡히 적힌 구인란에 내가 할 수 있는 일을 찾아보았다. 학생신분으로 가능한 일이라곤 신문배달과 우유배달뿐이었다. 새벽에 일찍 일어나는 일쯤은 대수롭지 않아서 가까이에 있는 신문배달국을 먼저 찾아갔다. 분주히 신문을 쌓고 옮기며 전화를 받고 있는 사람들에게 어떤 말로 운을 떼야 할지 망설이고 있었다. 그때 누군가가 내게 말을 건넸다.

"학생, 신문 보게? 집이 어디야?"

나는 쭈뼛대다가 입을 뗐다.

"그게 아니라, 배달하고 싶어서요."

지국장은 뒤돌아서 할 일을 마저 하며 별 감정 없는 음성으로 내게 답했다.

"여학생이 하기는 힘들 텐데? 정 하고 싶음 내일 새벽 3시까지 나와 봐요."

혹시 이마저 거절당하면 어쩌나 하며 졸이던 마음이 느슨히 풀렸다. 그 와중에 새벽 3시가 주마등을 스치며 머릿속을 계속 맴돌았다.

다음 날 새벽 2시 40분, 알람이 우렁차게 울어댔다. 여기저기에 있는 알람시계를 몽땅 모아 머리맡에 두었더니 연달아 울려대는 소리에 정신이 번뜩 들었다. 깊은 잠이 든 동생들의 다리 사이를 사뿐히 빠져나와 두꺼운 잠바를 걸치고 운동화 끈을 동여맸다.

새벽공기는 생각보다 유난히 차고 시렸다. 동도 트지 않는 깜깜한 밤을 등지고 골목길을 홀로 걷자니 단단히 옷깃이 조여졌다. 노란 가로등 불빛이 나를 따라오라며 깔린 어둠을 밀어냈다. 덕분에 흔들리던 동공이 자연스레 제자리를 잡아갔다.

약속한 시간에 맞춰 배달국에 도착했다. 지국장은 의아한 듯 나를 바라보았다.

"배달일 해본 적 있어요? 이 동네 길은 잘 알고?"

지국장의 물음에 연신 "아니요"라는 대답만 처연히 내뱉었다. 그럴 것이 천호동 주택가로 이사한 지 얼마 되지 않아서 그 동네 지리를 도통 알지 못했다. 복잡하게 나있는 골목 사이로 길을 잃은 적이 한두 번이 아니었다. 짧은 한숨을 내쉰 지국장은 몇 달째 일하고 있다는 배달원을 불러 나를 맡겼다. 그와 눈도 마주칠 겨를도 없이 겹겹이 쌓인 신문뭉텅이가 내 손에 들려졌다. 그를 따라서 밖으로 나오자 발이 금세 빨라졌다. 그는 깨알 같은 글씨가 적힌 수첩을 들여다보며 이집 저집을 홍길동처럼 휘젓고 다녔다. 그를 따라다니는 것만도 숨이 벅찼다. 그러다가 서서히 동이 트기 시작했다. 오묘한 빛깔을 내며 안개가 걷힐 때까지도 달리고 또 달렸다.

학교를 마치고 집에 오자 웬일인지 아버지가 있었다. 두 동생들은 풀이 죽은 채 가만히 쪼그리고 앉아 있었다. 교복을 갈아입는 사이에 둘째 동생이 내 옆으로 와서 시큰둥한 표정으로 말했다.

"언니, 나 오늘 학교 안 갔어."

나는 의아한 표정으로 대뜸 물었다.

"학교를 왜 안 가? 엄마 없다고 인생까지 포기할 셈이야?"

동생은 울먹거리며 말을 이었다.

"아빠랑 고아원에 갔다 왔어. 나 거기 안 갈 거야."

동생의 눈에 눈물이 가득 차서 폭포처럼 쏟아져 내렸다. 그러자 아버지는 별일 아닌 듯 동생의 울음을 헤집으며 말했다.

"어차피 조건이 안 돼서 받아줄 수 없다는데 왜 울어."

아버지를 바라보고 있는 두 눈이 시려서 껌뻑대자 마음에 와장창 금이 가기 시작했다.

영화 〈인생은 아름다워〉에서 주인공 귀도는 아들 조슈아와 함께 유태인이라는 이유로 수용소에 끌려 들어갔다. 아빠 귀도는 아들에게 말했다.

"조슈아, 이건 게임이야."

암울한 상황에서도 아이의 희망과 용기를 꺼트리지 않으려는 아빠 귀도의 한마디가 내겐 너무나 절실했다.

나는 눈물을 훔치는 동생을 달래며 외할머니에게 전화를 돌렸다.

엄마가 갈 곳이라곤 엄마의 엄마 품이겠다고 으레 짐작했다. 어디선가 전화선 너머로 통화를 듣고 있을지도 모른다고 생각했다. 다행히 추측은 빗나가지 않았다.

이튿날 아침 엄마는 돌아왔다. 남겨진 딸들을 위해 기꺼이 다시 시작해도 좋았을 젊은 인생을 셋방에 다시 내어놓았다. 그때 엄마의 나이 겨우 서른아홉이었다.

엄마가 돌아온 그날 밤, 나는 신문배달을 끝내기로 했다. 나 같은 학생들은 흔하다며 대수롭지 않은 지국장의 목소리가 카랑하게 전화선을 탔다. 그날부터 깊고도 긴 잠이 내게 찾아들었다.

잠깐이지만 짊어진 가장의 무게는 수십 개의 돌덩이같이 무거웠다. 마치 두 발이 흙색 빛 뻘 안에 깊이 잠겨서 아무리 애를 써도 빠져 나올 수 없는 것처럼 말이다. 39살이던 엄마 또한 그런 마음으로 남은 인생을 감당하리란 걸 알고 있었다. 그래서 그날 밤 이후로 허투루 내 인생을 낭비할 수가 없었다.

며칠 전 어느 건물의 엘리베이터가 한참이 지나도 내려오지 않자 계단을 걸으려고 비상문을 열었다. 문을 열자 마주보는 건물 벽에 코팅이 된 큼지막한 안내문이 보였다. 거기에는 이렇게 쓰여 있었다.

'술 먹고 대소변 금지! CCTV 촬영 중!'

책임은 쇳덩이처럼 무겁고 수천 개의 모래주머니가 몸에 달린 듯 쉬운 걸음이 없다. 쉽지 않기에 행하지 못하는 가짜 어른도 더러 있는 현실이다. 반면 삶의 짐과 무게를 잔뜩 지고 하루를 열심히 살아가는 어른들은 많다. 진짜 어른의 삶은 찰리 채플린의 말처럼 가까이서 보면 비극이겠지만 멀리서 보면 희극인 것이다.

낮잠의 색

연신 낮 기온 최고치를 경신하는 한여름이었다. 방학을 맞은 아이의 한낮 풍경은 꽤나 단조롭기만 했다. 아이는 든든하게 점심밥을 먹고서 만화책 몇 권 넘겨보다가 소파에 기대어 연거푸 하품을 해댔다. 그러다 이마에 송골송골 땀이 맺히면 선풍기를 미풍으로 켜고는 바람결로 시원하게 살을 간질였다. 선풍기가 돌아가는 소리에 하품이 실리자 아이는 재미있는지 연신 입을 벌리며 소리를 내뱉었다.

장난이 시들해진 아이는 갈색 소파 위에 비스듬하게 누운 내 품으로 불쑥 들어왔다. 나는 그의 등을 토닥토닥 다독였다. 누가 먼저랄 것도 없이 우리의 눈꺼풀이 동시에 잠겨갔다. 평범하리만큼 고요한 낮잠은 평온하고 따듯하기만 했다.

초등학교 5학년 때의 나는 날마다 1교시 시작종이 울리는 시간만을 기다렸다. 종소리가 나면 얼른 교과서를 꺼내 책상 위에 펼쳐 세웠다. 그리고는 필통으로 책을 고정시키고 팔꿈치를 접어 교차했다. 그 가운데 빈 공간이 생기면 머리를 움푹 집어넣었다. 고개를 좌우로 이리저리 돌려가며 가장 편안한 자세를 찾았다. 그렇게 누구도 모르게 두 눈을 슬며시 재웠다.

당연하게도 학교라는 공간에서 낮잠은 순항일 리가 없었다. 잠들려는 찰나에 선생님에게 들켜서 혼이 나거나 코를 골다가 발각된 적도 많았다.

그럴 때면 교실 뒤에 서서 양손을 번쩍 든 채 수업에 참여했다. 그럼에도 쉬는 시간마다 부지런히 낮잠을 자느라 바빴다. 짧았던 잠결에서도 안간힘을 쓰느라 이가 얼얼했고 목덜미 뒤로는 식은땀이 잔뜩 흐르기도 했다.

나는 학교가 끝나면 친구들과 어울릴 겨를도 없이 서둘러 집으로 갔다. 땅따먹기를 하거나 고무줄놀이를 하는 친구들이 부럽기도 했다. 하지만 학교에서 충전한 기력을 단순한 놀이에 낭비할 수가 없었다. 집으로 향하는 발걸음은 가라앉은 기운만큼이나 무거웠다.

나의 부모는 매일을 전쟁 속에서 살았다. 그 속에서 세 자매는 날마다 가슴 졸이고 우는 일뿐이었다. 부모의 전쟁 같은 싸움에 촉각을 곤두세우는 일은 어린 몸뚱이에서 나올 수 있는 모든 에너지를 필요로 했다.

아버지는 술을 좋아했다. 때문에 좋아하는 술을 매일 달고 살았다.

일거리가 줄어들자 한탕주의에 빠지기도 했다.

"아빠가 한 방 제대로 따서 올게."

아버지는 도박에다 인생과 운명을 걸곤 했다. 그럼에도 외치던 한 방은 단 한 번도 터지지 않았다. 실망은 절망을 소환하여 다시 술로 치유하는 악순환을 반복했다.

거하게 취해 집에 들어오면 그때부터 집안은 총과 화살이 사방으로 날아다니는 전쟁터로 변했다. 그러다 어느 날부턴가 아버지는 주먹을 휘두르기 시작했다. 그 주먹은 날이 갈수록 물먹은 솜마냥 거세지고 거대해졌다. 그럴 때면 거실 구석에 쪼그려 앉아 두 동생들의 머리를 품안에 넣고 귀를 막았다. 그러다 물건이 와장창 깨지거나 둔탁한 소리가 나면 반사작용처럼 잽싸게 소리가 나는 쪽으로 달려갔다. 아버지의 두터운 팔에 깍지를 끼고는 온몸을 매달아 악을 썼다.

아버지의 팔은 무쇠처럼 단단했고 내가 매달려도 자유자재로 움직였다. 주먹의 힘이 어찌나 센지 장롱의 문짝이 부서지거나 안방 문에 주먹 도장이 찍히는 일은 예사로운 축에 속했다. 어느 날은 엄마의 머리채를 잡아 이러저리 휘두르자 기겁하며 소리치다가 며칠간 목소리가 사라져버린 적도 있었다.

엄마는 깁스를 하거나 듬성한 머리털 때문에 모자를 쓰는 날이 잦았다. 처음엔 한 개뿐이던 모자가 손에 꼽히지 않을 정도로 늘어갔다. 그런 모자를 써가며 거울을 보고 옷매무새를 만지던 엄마의 모습이 무척이나 애달팠다.

아버지 손에 잡히는 모든 것들이 무기로 변하자 나는 주방 서랍과 선반 위 물건들을 보이지 않는 곳에 숨겨놓기 바빴다. 어느 날은 부엌에서 연장을 들고 어머니를 위협하자 아버지의 손을 온몸으로 막은 채 동생에게 외쳤다.

"빨리 밖에 나가서 사람 좀 불러와!"

놀란 동생은 거실을 달렸다. 불투명한 유리로 덮인 현관문을 보지도 않고 그대로 달렸다. 순간 유리문이 뾰족한 알갱이가 되어 와르르 쏟아졌다. 그때 유리 파편에 찢긴 동생의 이마에 선홍색 피가 줄줄 흘러내렸다. 그럼에도 아랑곳하지 않고 곧장 옆집 문을 사정없이 두드렸다.

"도와주세요. 우리 엄마 좀 살려주세요."

동생의 절규가 아버지를 붙잡고 있는 내 귀에 고스란히 박혔다. 그런 간절한 외침에도 옆집 문은 굳게 닫힌 채 미동 한 점 없었다.

불행히도 우리의 외로운 흐느낌은 안팎의 벽을 타고 새까만 어둠 속으로 사라졌다.

가끔씩 문 앞에서 마주치는 옆집의 노부부는 혀를 끌끌 차며 내게 말했다.

"늬 부모는 왜 밤마다 그런다니. 시끄러워 살 수가 있어야지. 쯧쯧."

어떤 이유에서건 사람은 고통받아야 할 당위성은 없다. 당연히 꽃으로도 때리지 않는 것이 사람이다. 가정폭력이 가족의 문제라고 터부시되는 게 비일비재했던 시대였던 터라 그 절망은 오롯이 엄마와 자식들의 몫이었다. 엄마의 눈물과 멍을 막아내지 못한 불가항력의 시간을 견뎌내며 나는 밤마다 두 손을 있는 힘껏 움켜쥐었다. 그리고 가슴을 쥐어짜며 하늘에 사정없이 외쳤다.

'빨리 어른이 되게 해주세요.'

초등학교 장래희망을 적는 칸에 깊고 굵게 써내려간 꿈은 오로지 어른이 되는 것이었다. 나는 하루빨리 어른이 되어 힘이 소머즈처럼 되기를 꿈꿨다. 할 수 있는 거라곤 다시 두 손을 모으는 일뿐이라 소원을 빌고 또 빌었다.

하루빨리 아버지를 제압하고 싶었다. 집안의 잔인한 불행을 당장 잠재우고 싶었다. 머릿속에 온통 아버지를 제압하고 싶은 욕망이 가득하자 불쑥 내 안에서 아버지의 주먹이 꿈틀댔다. 그러자 생각할 겨를도 없이 내 손이 동생의 얼굴로 향했다. 엄마의 일그러진 표정이 동생의 얼굴과 겹치자 그제야 화들짝 놀라 철퍼덕 주저앉았다.

동생은 아버지를 바라보듯 같은 눈빛으로 나를 쳐다보았다. 증오와 분노를 키우다가 잠식당한 나는 서둘러 그 안에서 빠져나와야 했다. 인간다운 삶을 살려면 아버지를 향한 원망을 보이지 않게 치워야만 했다.

"저런 집안에서 뭘 보고 자랄까?"라는 말이 뒤통수를 칠 때마다 숨이 막혔다.

나를 다 안다는 듯이 혀를 끌끌 차는 어른들의 볼멘소리가 걱정 어린 진심이 아니란 것쯤은 어려서도 금방 알아챘다. 그런 시선은 오히려 오기를 만들어내는 씨앗이 되었다. 이런 곳에서도 반드시 잘될 수 있다고 스스로를 격려하기 시작했다. 나를 지독히 아끼는 마음은 꺼지지 않는 촛불이 되어 어둠 속에서도 살게 했다.

스물네 번째 이사

결혼을 하기 전까지 나는 스물네 번의 이사를 했다. 얼마 전 필요한 서류를 떼기 위해 동사무소에 들르기 전까지도 어림잡아보지 않았기에 그 숫자가 더욱 놀라웠다. 보통 한 장이면 프린트가 되어 나오는 서류가 세 장이 되어 묶이자 나의 카오스적 행적이 마냥 씁쓸했다.

어머니와 아버지는 서울의 어느 모처에서 나를 낳았다. 지금까지도 두 분의 연애에 좋았던 추억을 들어본 적이 없다. 내가 태어나고 돌이 지나자 부모님은 고향으로 내려가 터를 잡았고 세상에서 가장 거대한 차를 사들였다. 어린 나는 큰 차가 있는 우리 집이 그 동네에서 가장 부유한 집인 줄로만 알았다. 아버지는 5톤 트럭을 모는 운전수로 생계를 꾸려나가기 시작했다. 내게 초록색 운전면허증을 보이며 무사고 운전경력을 늘 자랑하곤 했다. 일거리가 없는 날에는 온 가족이 트럭을 타고 방방곡곡을 다녔다. 트럭은 꼬불꼬불한 산길을 따라서 창문 너머 끝이 없는 낭떠러지를 아슬아슬하게 달려갔다. 자유자재로 휘어지는 영화 속 마법열차처럼.

계곡이 나오면 아버지는 트럭을 세워 돗자리를 폈다. 가족이 다

함께 돗자리에 둘러앉아 집에서 싸온 간식을 먹으며 차가운 계곡물에 발을 담갔다.

아버지 트럭에는 숨겨진 비밀공간이 있었다. 운전석 뒤로 몸을 웅크리면 기대 누울 수 있는 작고 편평한 침대. 그곳은 늘 큰딸인 내 차지였다. 그 안쪽머리에 커튼이 달려 공간은 분리되었고 차를 타자마자 훌쩍 뛰어 들어가 커튼을 치기 바빴다. 아무도 들어오지 못하게 내 공간을 만들어 두툼한 담요를 바닥에 깔았다. 그리고는 침대 머리맡에 나 있는 통유리 창문에 얼굴을 묻고는 달리는 풍경을 하염없이 바라봤다. 그 와중에 동생은 남는 공간에 몸을 끼워 넣으며 언니만 좋은 자리에 앉는다며 투덜거리다 울어재끼는 일이 다반사였다.

언제부턴가 우리 가족은 여행을 떠나는 일보다 거처를 옮기는 일이 잦았다. 옆 동네이거나 살고 있던 집의 옆집으로 이사 간 적도 더러 있었다. 학교를 마치고 집에 들어가면 숱한 종이박스가 먼저 반기는 날이 많았다. 나는 묻지도 않고 박스더미를 걷어차 방안의 길을 텄다. 자연스레 소매를 걷어붙이곤 상자를 능숙하게 접었다.

그런 날은 누가 말하지 않아도 오롯이 짐을 싸서 봉해야만 했다.

때로는 묻지 않아도 가늠되는 것들이 있다. 연인이 건네는 반지가, 받은 반지를 다시 돌려주는 것이 그런 축에 속했다. 내게는 집 안을 틀어막은 끝도 없이 쌓인 종이박스가 그랬다. 이사를 가는 것은 학교를 가는 것보다 지긋지긋한 일상이었다. 그 와중에 짐 싸는 일은 타의 추종을 불허할 만큼 손이 빨랐다.

책상 위 물건들은 손목과 팔꿈치의 스냅만으로 후루룩 상자에 쏟아졌다. 옷장 안의 옷 뭉치는 듬성하게 품에 안아 상자에 쑤셔 넣었다. 이불꾸러미를 큰 상자에 넣고 온몸으로 눌러 뚜껑을 덮었다. 동생이 긴 테이프를 건네면 삐져나올 틈 하나 없이 상자를 말끔히 봉인했다. 일련의 작업들은 일사천리에 진행됐다. 여러 번의 이사로 터득된 기술이었다. 수많은 상자는 순식간에 방문을 가로막으며 쌓여갔다. 짐 꾸러미가 그렇듯 우리의 정신도 정처 없이 머물다가 흩어져버렸다.

이사를 자주 하면서 자연스레 학교도 자주 옮겼다. 정들었던 친구와 작별인사를 건네는 일은 가슴이 죄어드는 아픔을 동반했다. 눈물로 서로를 부둥켜안고 돌아서자 다시 쭈뼛쭈뼛한 새 얼굴의 친구와 곧장 우정을 싹틔웠다.

초등학교 4학년 때 아파트로 이사를 하고 새 학교로 전학을 갔다.

새까만 곱슬머리를 풀어헤치고 둥그런 앞머리를 말아 올린 한 친구가 눈을 살짝 치켜뜨며 말을 걸었다.

"내가 친구 해줄까?"

나는 전학을 갈 때마다 낯선 그들과 거리를 두는 일이 당연해서 한두 달은 혼자서 말없이 지내는 일이 많았다. 그래서 예상치 못하게 불쑥 다가온 친구 때문에 한편으론 적잖이 당황했다. 그녀는 거침이 없었고 퍽 멋을 부리고 다녔다. 이상한 건 다른 친구들과 놀다가도 이내 튕겨 나오거나 몇몇은 알게 모르게 그녀를 피해 다녔다.

"너희 집에 놀러가도 될까?"

그녀의 질문에 흔쾌히 대답하고는 손을 잡고 우리 집으로 갔다. 당시 내가 살던 동네는 막 개발을 시작해서 공사가 한창이었다. 흙을 실은 덤프트럭이 줄지어 오가고 포장이 안 된 불그스름한 땅 위를 질펵하게 지나다녔다. 그득한 흙먼지가 코 안을 채웠고 뿌연 매연에 입을 틀어막는 날이 많았다. 작고 낮은 건물들 사이로 내가 살던 아파트는 유독 번지르르하게 높은 하늘을 뚫고 서 있었다.

셋째 동생을 낳고 몸을 풀고 있는 엄마가 반갑게 문을 열었다. 갓 돌쟁이 동생을 보여주고는 둘째 동생과 함께 쓰는 내 방으로 친구를 안내했다. 그녀는 이러저리 방안을 살피더니 아파트에 처음 와본다며 눈을 동그랗게 떴다. 그리곤 이층 침대를 오르락내리락거리면서 눕거나 잠자는 척하기도 했다. 게임이라도 하자고 했지만 그런 것은 귀찮다며 방 안의 물건들을 호기심 있게 바라봤다. 책상에 걸터앉은 친구는 목이 마르다며 연신 물을 찾았다. 나는 주방으로 나와서 주전자에서 물 한잔을 따르곤 다시 방으로 향했다. 한 손엔 컵을 들고 다른 한 손으로 문손잡이를 살짝 돌렸다. 획 돌아가지 않는 손잡이가 고장 난 줄 알고 계속해서 문을 흔들어댔다. 도저히 방문이 열리지 않자 나는 큰소리로 엄마를 부르기 시작했다. 그 소리에 딸깍 문이 열렸다. 그녀는 문틈 사이로 빼꼼히 얼굴을 내밀며 말했다.

"장난친 거야."

나는 친구의 의아한 장난도 대수롭지 않게 여겼다. 그녀는 물을 벌컥 들이키고는 집에 가겠다며 서둘러 가방을 멨다. 아쉬운 마음에 더 놀고 가라는 나의 부탁은 들은 척도 안 했다. 친구를 배웅하고 다시 집에 들어오자 엄마의 얼굴이 그늘져 있었다.

"그 친구 어디 사니?"

엄마는 다짜고짜 화를 내며 학교에 전화를 걸었다. 통화를 마치자마자 셋째 동생을 허리춤에 포대기로 감쌌다. 나는 영문도 모르고 엄마가 가는 길을 동행했다. 흙더미 같은 동산을 지나자 좁은 길 하나가 적막하게 나있었다. 파란색 천으로 듬성듬성 감싸진 판잣집 앞에 녹슨 목줄을 단 진돗개 한 마리가 힘없이 서있었다. 그곳엔 앙상한 나뭇가지와 널브러진 연장, 뒤집힌 신발 한 짝이 쓸쓸하게 놓여 있었다.

끼익 문이 열리자 등이 굽은 할머니가 버선발로 나와서는 연신 고개를 떨궜다. 그러자 엄마의 손등이 조금씩 따듯해졌다. 맨발의 할머니는 우리를 뒷마당으로 안내하곤 막 파다만 구덩이를 보여주었다.

나는 낯선 기운에 놀라 엄마의 등 뒤로 우두커니 숨었다. 고개를 내밀어 구덩이를 바라보자 어디선가 많이 본 물건이 흙을 몽땅 뒤집어쓴 채 놓여 있었다. 내 방에 있던 축구공만큼 제법 크기가 큰 빨간 돼지저금통이었다. 순간 벌어진 입이 애써도 다물어지지가 않았다. 내 저금통이 왜 여기에 있는지 의아하고 놀라울 따름이었다. 그러는 사이 할머니의 입술이 부르르 떨리며 벌어졌다.

"부모 없이 키운 제 잘못입니다. 제발 우리 손녀를 용서해주세요."

할머니는 엄마의 손을 두 손으로 붙잡고 하염없는 눈물을 쏟아냈다. 나는 그때까지도 벌어진 상황을 이해하지 못해 어리둥절했다. 유일했던 친구를 잃을까 봐 인정하고 싶지 않았던 건지도 몰랐다. 그날 밤 다시 찾은 돼지저금통보다 친구를 잃은 슬픔이 컸는지 멈추지 않는 눈물이 방안에 족족 흘러내렸다.

그날, 내 귓가를 스쳐간 친구의 말은 아직까지도 생생히 살아있다.

"너는 참 좋겠다. 엄마도 있고 동생도 있어서."

늘 부족하다고 가지지 못했다고 투덜대는 날이 찾아올 때마다 친구의 마음을 비췄다. 그녀 덕분에 알았다. 세상에 태어나 당연하게 주어지는 건 무엇도 없다는 것을.

셋방살이

앨범을 넘기다 보면 두 손으로 금세 사진을 가리면서 괴성을 질러대는 사진 한 장이 있다. 예닐곱 살쯤이던가. 사진에는 한 집에 살던 여섯 명의 여자 아이들이 삼삼오오 모여 있다. 각자 큰 대야에 실오라기 걸치지 않은 몸을 담그며 손으로 브이를 하고 있고 그중 내가 가장 해맑았다. 살면서 앨범을 들춰보는 일이 몇 번이나 되겠냐마는 그 사진을 만날 때면 추억의 잔물결이 올랑거렸다.

유치원을 다니던 무렵 우리 집은 어느 큰 기와집에서 셋방살이를 했다. 가운데 주인집을 기준으로 왼쪽 셋방엔 우리 식구가 오른쪽 셋방엔 다른 식구가 어우러져 두터운 이웃 정을 나누며 지냈다. 우연찮게도 세 집이 전부 딸만 둘이어서 여섯 명의 여자아이들이 뭉친 집 앞마당은 날마다 왁자지껄했다. 아이들은 동갑이거나 한 살 많고 한 살 적은 고만고만한 또래들이라 집에서도 유치원에서도 항상 붙어 다녔다.

내가 살던 큰 기와집은 안개가 자욱한 방죽을 두르고 뒤로는 작은 동산이 있던 한적한 시골마을에 있었다. 그곳은 봄이면 유채꽃이 흐

드러지게 피어났고 겨울이면 마른 꽃대에 눈꽃이 폈다. 꽃길을 따라 거대한 방죽을 지나가면 길목 끝에 내가 살던 집이 새초롬히 보였다.

큰 기와집 주인은 마을에서도 소문난 재력가였다. 나는 주인집 자매와 잘 놀다가도 토라지거나 다투기도 했는데 어김없이 엄마는 그런 나를 이끌고 주인집을 향했다. 싸우지 말고 사이좋게 지내라는 말로 운을 뗀 엄마는 내 옆구리를 툭툭 치며 눈썹에 힘을 주셨다. 나는 입을 삐죽 내밀고는 마지못해 목구멍에서 미안함을 끄집어냈다.

억울한 날에는 특히나 그런 엄마의 행동이 싫었다. 왜 항상 나만 사과 하냐며 방안에서 고래고래 소리를 질러댔다.

주인집이 김장을 하는 날에는 엄마가 일을 도와 김치 몇 포기를 얻어왔다. 손님맞이로 주인집의 일손을 거드는 날에는 엄마의 양손에 맛있는 음식이 가득 들려 있었다. 맛있는 음식을 만들면 그중 일부를 접시에 담아 주인집으로 보냈고 다른 음식으로 채워진 접시가 다시 우리 집에 돌아왔다.

은하철도 999가 방영되는 날은 주인집 거실 문이 여느 때보다 활짝 열렸다. 커다란 티브이를 앞으로 끌어와 음량을 크게 높였다. 시그널 음악이 마당을 타고 흘러나오면 좌우 셋방의 문이 세차게 열리며 아이들이 버선발로 뛰어나와 주인집 마루를 점령했다. 셋방의 시간은 달콤하게 흘러갔다.

밤이 되면 귀뚜라미 소리가 저렁저렁 울리고 투명한 이슬이 아침을 머금어 벽을 타고 흘렀다. 다시 해가 오르면 뽀얀 안개가 창틈으로 새어나와 청량한 내음이 온몸을 감쌌다. 낮이고 밤이고 기와집 안에는 청아한 공기가 가득했다.

우리 집을 따라 길게 난 샛길에는 외딴집이 하나 있었다. 나는 틈만 나면 그 집 앞을 서성이곤 했다. 동네에서 유일하게 동갑이던 남자아이가 살던 집이었는데 그에겐 위로 한 살 많은 누나가 있었다.

작은 키에 검게 그을린 피부의 그는 2대 8쯤 되는 가르마를 하고 다녔고 한쪽으로 넘긴 머리를 자주 매만졌다. 천방지축이던 나와 달리 그는 얌전하고 조용했으며 부모의 말을 꽤나 잘 들었다. 내가 가지지 못한 분위기가 좋아서 그랬는지 그 집 앞에서는 날마다 내 목소리가 울려 퍼졌다.

"성오야, 뭐 하니? 나랑 놀자."

내 소리가 지붕을 타고 울리면 벽 안에서는 그들의 말소리가 뒤엉켜 문을 뚫었다.

"엄마, 저 나가 놀래요."

"안 돼, 밖에 나가서 놀지 말고 누나랑 함께 있어."

모자는 내 소리에 잠시 흔들리더니 이내 문을 열어 재꼈다.

"미안해, 다음에 놀자."

그는 시무룩한 표정으로 말을 건네곤 삐죽거리는 입술로 서글프게 인사했다. 그가 사는 집에는 흙놀이보다 더 재미있는 무언가가 있는 것만 같았다.

동네 아이들은 숨바꼭질과 땅따먹기, 무궁화 꽃이 피었습니다와 같은 놀이를 했고 해가 지고 으슥할 때까지 땅을 파면서 신나게 뛰어놀았다. 숨바꼭질을 할 때마다 나는 줄곧 성오를 뒤따라서 옆자리에 숨었다. 어느 날은 그의 집 뒤편 먼지 가득한 창고에 따라 들어갔다. 그러고는 둘이 옴짝 붙어 손으로 입을 막은 채 킥킥댔다. 그 짜릿함 때문인지 아랫배는 개미가 지나가듯 간질거렸다. 지나가는 발자국 소리와 술래의 외마디가 아련하게 울려 퍼지면 창고의 온도가 부드럽게 달궈졌다. 술래잡기의 승자는 늘 우리 편이었다.

그에 반해 성오의 누나는 조금 달랐다. 얼굴이 창백하게 하얗고 마른 체구의 소유자였다. 가끔 함께 놀던 언니는 뛰지도 않았고 햇빛 아래에 오래 서 있지도 않았다.

그 집 뒷마당의 툇마루에 걸터앉아 조곤조곤 이야기를 나누는 것이 전부였다. 이야기가 지칠 때면 나는 벌떡 일어나 "언니, 나 잡아봐라" 외치고는 후다닥 발걸음을 옮겼다. 언니는 끝내 나를 쫓아오지 않았다. 어느 날은 언니가 나를 따라 달리다가 숨을 크게 헐떡이더니 울상을 지으며 집으로 들어갔다. 그 후로는 언니 앞에서 잡기놀이를 두 번 다시 하지 않았다.

유치원에서 돌아오면 엄마들은 종종 성오네 집에 가 있거나 툇마루에 모여 앉아 있었다. 아이들이 오면 자리를 털털 털고 일어났고 서둘러 이야기를 마무리 지었다. 텅 빈 자리마다 뭔지 모를 근심만 남아 체온에 묻어 서서히 식어갔다.

우리가 셋방을 떠나고 자주 거처를 옮겨가는 와중에도 엄마는 성오네 집과 연락의 끈을 놓지 않으셨다. 간간히 남매의 안부도 엄마를 통해 듣곤 했다.

내가 15살이었던 겨울의 어느 시린 날, 엄마는 심연의 눈빛으로 믿기지 않는 이야기를 적막하게 꺼내놓았다. 간밤에 얼굴이 창백했던 16살의 언니가 조각달 품에서 눈물을 훔치고는 소곤소곤 잠이 들었다고 했다. 나는 두 귀를 의심했다. 잘 지내고 있다는 소식을 들은 지가 엊그제인데 갑자기 하늘나라에 갔다니. 도통 믿기지 않아서 잘못 들었거니 했다.

자주 쓰러졌던 언니는 어려서부터 혈액 암을 앓고 있었다. 언니의 하얐던 피부, 뛰지 못하던 체력, 방에서 힘없이 누워 있는 모습들이 찬찬히 머릿속을 스쳐갔다.

뛰고 싶고 놀고 싶고 흰 피부가 싫다던 언니에게 나는 그때마다 뛰어보라고 했고 놀자고 했고 흰 피부가 부럽다고 했다. 언니에게 전했던 뾰족한 잔말이 생각나자 가슴이 아려왔다. 예쁘다고 괜찮다고 더 많이 말해줄 걸 언니에게 못했던 말들이 자꾸 떠올라 눈물이 그렁그렁 맺혔다.

나는 눈앞의 쾌락을 좇아 오늘의 할 일을 내일로 미뤄 삶의 무한함을 신뢰하며 살았다. 의도치 않는 사건과 사고들로 당장 내일의 안위도 물을 수 없는 현실을 살면서도 말이다. 삶은 누구에게나 주어진 당연한 선물이 아니었다. 그런 생각이 깃들고 나서야 마음이 잔잔해졌고 행동엔 힘이 실렸다.

나는 소망한다. 눈물과 사랑 그리고 아픔이 한낱 가루가 되어 바다에 스며들지 않기를. 상처를 감추느라 들려주지 못한 많은 이야기가 모든 이에게 닿아 전해질 수 있기를. 지금 펜을 잡고 완벽하지 않은 인생을 쓰는 건 또 하나의 길을 트고 싶은 간절함 때문이다.

지독한 홍수

영화 〈기생충〉을 보던 날이었다. 뜨뜻미지근한 표정으로 엔딩의 음악을 기운 삼아 영화관을 빠져나오는 많은 사람들이 있었다. 나는 잔뜩 일그러진 얼굴로 엔딩 음악이 꺼질 때까지도 움직이지 못했다.

성대에 대롱대롱 매달린 응어리진 울컥함이 두 눈을 시뻘겋게 물들였다. 마치 내 인생을 스크린을 통해 다시 보기를 하고 나온 기분이었다. 포승을 묶어놓은 과거가 만천하에 드러난 듯했다. 외면했던 추억이 나 좀 보라며 조롱하는 것만 같았다.

차마 영화를 보며 공감하는 표정을 내비치기 싫었는지 몰래 눈물만 쏟아내버렸다.

기나긴 고속도로를 지나서 송파구 방이동 굽이진 골목길에 우리의 이삿짐을 내렸다. 그제야 꿈에서나 그리던 서울 땅을 중학생이 되고서 처음으로 밟아보았다. 서울의 우리 집은 이제껏 살아온 집과는 달리 뭔가 기묘하고 생소했다. 땅 위가 아닌 땅 아래에서 나를 물끄러미 올려다보았고 땅속으로 기어들어가야지만 발 디딜 공간이 펼쳐졌다.

처음 보는 반지하의 집은 당혹감을 감출 새도 없이 절박해보였다. 어떻게든 살아보겠다고 발버둥치는 공간인 것만 같았다.

반지하는 1970년대 방공호로 사용하기 위해 만든 지하실이었고 가난한 사람들이 세 들어 살기 시작하며 생겨났다. 살면서 겪어야 할 수많은 불편을 감수하고서라도 저렴한 집값 때문에 저소득층의 주거 주지가 되어왔던 것이다.

아이러니한 건 살면서도 느껴보지 못한 수치심을 어른이 되어서야 뒤늦게 감지한 일이다. 나는 부끄럽게도 반지하라는 공간에 살았다는 사실을 철승을 둘러 꽁꽁 감추며 살았다. 그럼에도 불구하고 지나온 날들은 민망하고 치욕스럽게만 점철되지 않았다. 원하고 바라던 삶의 모습은 아니었지만 알차게 영글어갔다. 평범하지 않은 시련은 가지로 솟아나 보다 풍성한 잎을 자라나게 했다.

시련을 불행으로만 바라보는 좁은 시야를 벗어나면 그 뒤편에 숨겨진 성장이 보인다. 같은 곳에 서 있더라도 어떤 이는 떨어지는 해만 바라보고 또 어떤 이는 차오르는 달도 바라보는 법이다.

내가 살던 골목길에 들어서면 하나의 길은 다시 여러 갈래의 다른 길로 이어진다. 꼬불꼬불 이어지는 미로 같은 길은 탈 많던 나의 사춘기를 함께 보내준 고마운 여정이기도 했다.

파릇했던 중3의 여름날, 그날따라 어둑어둑한 하늘에서 잔잔한 빗방울이 흩날리고 있었다. 엄마의 생신을 기념하며 간만의 외식을 즐기는 사이 어느새 세찬 빗줄기가 우산을 뚫는 기세로 몰아쳤다. 여름철의 흔하디흔한 장마였다. 차창 밖으로 흐르는 물줄기가 예사롭지 않았던지 엄마의 얼굴에는 근심이 가득했다. 버스에서 내리자 발등을 간질이는 빗줄기가 꽤나 강해져 신발을 홀딱 적셨다. 한두 시간동안 퍼붓던 비는 길가의 방지 턱을 삼켰고 맨홀뚜껑을 밀쳐낼 정도로 세찼다. 동생들은 발이 잠긴 빗물 속에서 천연스레 물장구를 치면서 집으로 향했다.

초라하게 부식된 검은 쪽문을 열었다. 문을 열면 이어지는 좁은 통로가 문득 낯설게 보였다. 물을 먹던 하수구가 뭔가를 잘못 집어삼킨 듯 어마어마한 빗물을 게워내고 있었다. 물총이 쏘는 물줄기와는 비교도 안될 만큼 무시한 물기둥이었다. 우리 집은 거대한 빗물에 포위당한 채 형체도 없이 사라지고 없었다. 그때, 옆에 있던 엄마가 반사적으로 빗물 속에 몸을 던졌다. 머리를 조아리고 두 눈을 치켜들어 열쇠구멍을 찾으려고 안간힘을 썼다.

엄마는 힘주어 대문을 밀고 빗물도 밀었다. 그러자 천장을 넘나드는 빗물이 수평선처럼 뻗어 비열하게 넘실거렸다. 빗물 위를 둥실 떠다니는 잡동사니는 갈 길을 잃은 채 헤매였고 빗소리는 포효했으며 우리는 모두 말을 잃어버렸다. 그 사이 엄마는 소매를 걷어붙이고 두꺼비집을 찾아 전원을 내렸다. 나는 그런 엄마를 따라 바지를 접어 사타구니 끝까지 치켜올렸다. 그리곤 널브러진 양동이와 대야를 두 손에 바짝 들었다. 차갑고 음산스러운 빗물 속으로 순식간에 내 몸이 빨려 들어갔다. 혼탁한 물속으로 걸음을 옮길수록 머리털이 빳빳이

서고 등줄기가 딱딱해졌다.

집 안에 가득 찬 빗물을 퍼냈다. 퍼내고 또 퍼냈다. 힘없는 땀방울이 빗물 위에 우수수 떨어지자 어처구니없는 억울함이 불현듯 새어 나왔다. 나는 이 고통을 고난도 시련도 아닌 징벌이라고 생각했다. 나도 모르는 무거운 죄를 지어서 벌을 받는 거라고. 수많은 탄식과 한탄의 말이 쏟아질세라 입술을 무겁게 눌렀다. 빗물은 유유히 허벅지를 타고 허리를 삼켰다. 가늠할 수 없는 잔인함에 결국 다시 무릎을 꿇었다.

몇 번을 퍼내도 빗물은 줄어들기는커녕 해볼 테면 해보라며 나를 조롱하기 바빴다. 밤이 이슥도록 빗물과의 싸움은 끝이 보이질 않았다.

서늘한 새벽공기가 콧잔등을 스쳐갔다. 얼추 물 바닥이 보이자 나뒹구는 옷가지로 바닥을 닦았다. 옷에 붙은 실타래에 주렁주렁 매달린 빗물이 야속하게도 미웠다.

그때 마침 해가 떠오르고 하늘에 구름이 번졌다. 엄마는 물이 흥건한 바닥을 닦다말고 내 교복을 찾았다. 빗물을 잔뜩 머금은 치맛자락이 옷장에 매달려 구슬피 눈물을 떨구고 있었다. 엄마는 있는 힘껏 물기를 짜내 탈탈 털기를 반복했다. 생명을 잃은 집에서는 가스도 전기도 사용할 수 없었고 심지어 쉴 곳도 누울 곳도 허락되지 않았다.

축축한 교복을 걸치자 온몸에 비린내가 스물스물 올라왔다. 움직일 때마다 쩍쩍 달라붙는 옷감들을 살에서 떼어내느라 신경이 곤두

섰다. 어떻게든 바람결에 교복을 말리려고 제자리에서 뛰어보고 두 팔을 벌려 빙빙 돌기도 했다. 우스꽝스런 몸짓에도 부끄러웠던 건 젖어버린 교복 말곤 없었다.

등교한 친구들이 교실에 모여 저마다 이야기꽃을 피웠다. 밤새 재해로 무서웠거나 피해가 컸던 건 아닌지 내심 궁금하기도 걱정이 되기도 했다. 그들은 환하게 웃으며 나를 반겼다. 길을 가다가 좋아하는 남자를 마주친 이야기, 언니랑 다툰 이야기들이 오가자 비로소 알았다. 나 말곤 누구도 밤새 아무 일도 일어나지 않았다는 것을. 모두를 비켜간 홍수는 내게만 찾아왔던 불운이라는 것을 말이다. 그들의 아침은 평소와 다를 것 없이 평범하게 빛이 났다. 꼬박 밤을 새운 나의 아침만 거뭇하게 빛이 바래 있었다.

뽀송하고 향기로운 내음이 친구들의 옷감을 살랑이자 숨이 턱하니 막혔다. 그 틈에 비릿하고 쾌쾌한 냄새가 내 품에서 사정없이 진동하고 있었다.

아무 일도 없다는 듯 아무렇지 않게 자리에 앉아 있을 수가 없었다. 누명을 뒤집어쓰기라도 한 듯 무참한 기운을 어디에라도 쏟아버려야 했다. 나는 교실 문을 나와서 화장실로 달려갔다. 뛰어가는 걸음이 불똥이 튀기듯 날렵했다. 화장실 안의 깊숙한 곳으로 들어가 빗장을 걸었다. 꾸역꾸역 참았던 눈물이 입과 코로 쏟아져 나왔다. 억울하고 분하고 가엾기도 한 통곡이 화장실 안의 공기를 처량히 울려댔다.

Chapter 3

미완성

어느 날 거울에 비친 내 모습을 찬찬히 들여다봤다. 양쪽 어깨의 높이는 달랐고 골반은 한쪽으로 살짝 솟아 있었다. 두 눈의 생김새도 심지어 두 발의 사이즈도 미세하게 달랐다. 대칭과 균형이 완벽하지 않아도 내 몸이 정상이라는 사실은 분명하다. 사람에게 있어 절대적인 대칭은 있을 수 없다. 그래서인지 약간의 어긋남은 묵인해도 되는 당연함일는지 모른다. 그런 내가 사는 인생은 뒤틀리고 어긋나거나 어설픈 것투성이다. 어쩌면 미완성의 삶은 미완성의 내가 숨 쉬는 당연한 전제이기도 했다. 나는 완전하지 않은 채로도 기뻤고 때론 감동적인 날도 많았다. 그런 미완성의 아름다움은 날마다 빛나는 가치를 품어냈다.

구부러진 엄지손

언제부터인지는 모르겠다. 왼손 엄지손가락이 구부러진 게.

제 아무리 펴서 곧게 뻗어내도 다시 구부러졌다. 셀 수 없이 찍은 엑스레이는 아무런 말이 없었다. 시간이 흐르면 펴질 거라는 자비로운 의사의 말만 되풀이됐다. 구부러진 엄지는 길게 뻗은 네 손가락 사이로 숨기고 싶은 미운 오리새끼였다.

방아쇠 손가락으로 일컫는 이 병은 선천성 기형에 속했다. 태어날 때부터 가지고 있다가 나처럼 뒤늦게 인지하는 사람들도 더러 있었다. 기형이라고 하니 뭔가 기묘한 기분이 들기도 하지만 생활에는 별로 큰 지장이 없었다. 다만 손가락을 펴려고 해도 무언가에 걸려 펴지지 않자 구부러진 왼손을 굳이 누군가에게 드러내고 싶지 않았다. 나의 노력으로 어쩔 수 없는 무색할 정도의 창피함은 감추고만 싶었다.

굽은 엄지만큼이나 굽이친 성장통이 잠식하던 학창시절에는 그저 추위와 더위를 피하기 위해서 옷을 걸쳤다. 옷은 내게 아주 단순한 기능을 주는 것 외에 아무런 의미가 없었다. 화려한 원피스며 유행하는 브랜드며 그런 것들을 신경 쓰고 다닐 처지가 아니었다. 그럼에도 레이스가 달린 원피스를 입거나 정갈하게 맵시 있는 옷을 입고 다니는 친구를 볼 때면 그런 옷 한번쯤 입어보고 싶은 간절한 시선이 그들 뒤태에 묻어났다.

초등학교 4학년 때의 일이다. 어느 날 친구가 궁금한 얼굴을 들이밀며 말을 건넸다.

"너 어제도 이 옷 입고 왔잖아!"

그 친구는 나를 꽤나 관심 있게 지켜봤던 모양이다. 어제도 오늘도 똑같은 옷을 입고 있는 걸 나만 몰랐다. 그러고 보니 내 패션은 매한가지였다. 빨간 바탕에 노랗고 하얀 꽃무늬가 잔뜩 그려진 점퍼를 사시사철 걸치고 다녔다. 거기에다 빨고 입고를 하도 반복해 빛바랜 갈색 코르덴바지 또한 어김없는 매칭 아이템이었다.

어느 날 갑자기 쏟아져 내리는 소나기에 교문 앞에는 우산을 들고 서성이는 엄마들로 북새통을 이뤘다. 교실 창문에서 내려다보면 연못에 연잎이 활짝 펼쳐진 듯 장관이었다. 실내화를 갈아 신고 쏟아지는 빗줄기를 보아하니 금세 멈출 것 같지 않았다. 똑딱이 단추를 여며 웃옷을 단단히 고정하고 실내화를 책가방 깊숙이 쑤셔 넣었다. 그리곤 실내화 가방의 입구를 벌려 그 안에 머리를 끼워 넣었다. 입구가 자로 잰 듯 딱 맞아 들어갔다. 두 손을 양 손잡이에 가져다대지 않아도 가방 안으로 얼굴이 푹 잠기지 않았다. 실내화 가방은 비가 올 때마다 언제나 맞춤 우산으로 변신했다.

물이 고인 웅덩이를 뛰어넘으며 우산 사이를 비집고 교문을 빠져 나왔다. 마중 나온 그들이 시야에 잡히자 가만히 걸음을 멈췄다.

딸의 손을 잡거나 아들의 손을 잡은 엄마들의 우산은 한없이 넓고 크게 펼쳐져 있었다. 그 품으로 들어가는 아이들의 표정엔 충분히 사랑받고 있다는 말을 대신하고 있었다.

나는 괜스레 서운하지 않은 척 빗물을 발로 걷어내며 걸음을 옮겼다. 그때 뒤에서 익숙한 목소리의 누군가가 나를 불렀다.

"비 맞고 가는 거야? 내 우산 빌려줄까?"

같은 옷만 입고 다닌다고 지적했던 그 친구다. 옆에는 그의 엄마가 나란히 우산을 쓰고 있었다.

"괜찮아. 나 비 맞는 거 좋아해."

좋아하지도 않는 비를 좋아한다고 둘러대고는 착잡한 공간을 서둘러 벗어나려 했다. 순간 나를 바라보는 모녀의 짠한 시선에 괜한 가시가 돋아났다. 금방이라도 동정이 품어져 나올 것만 같았다. 나는 고개를 획 돌려 빗줄기가 휘어지도록 마음속으로 외쳤다.

'나도 엄마 있거든. 먹고사느라 매일 바쁜 엄마지만.'

초등학교 새 학년이 되면 으레 집안조사표를 모든 학생들에게 나눠주었다. 그걸 받을 때마다 나의 치부가 종이 따위에 채워지는 게 못마땅해 진저리를 치곤했다.

집안조사표의 내용은 이러했다. TV는 몇 대인지 자동차는 있는지 몇 평짜리 집에서 자가로 전세로 월세로 사는지 가전가구는 무엇이 있는지 등등. 학교에서는 이런 항목들을 세세히 구분하여 조사를 했는데 그 의도가 내겐 늘 의문이었다.

종이를 받아든 몇몇 친구들은 생각할 틈도 없이 빽빽하게 집안의 재산을 보란 듯이 적어갔다. 나는 그런 모습을 곁눈질로 보다가 연필을 내려놓고 종이를 반으로 접어 책가방에 구겨 넣었다. 집으로 돌아와서 그 종이를 펼치고는 여백의 집안조사표를 제출할 생각에 혼자 얼굴을 붉혔다.

학년이 올라갈수록 남들보다 부족한 게 많다는 걸 알아채자 어느 순간 부모를 탓하고 원망하기 시작했다. 남들만큼은 지원해주어야 하는 게 부모의 당연한 의무라고 여겼다. 완전하지 못했던 부모의 존재를 완전한 척 착각하며 마땅히 대우받을 권리를 운운했다. 남들만큼 해주지 못한 여러 일들은 부모의 마음을 헤집어 비수가 되어 꽂혔다. 엄마는 가져가지 못한 우산과 싸주지 못한 도시락에 쓰라린 아쉬움을 얹혀놓곤 했다.

내가 중3이 되자 부모님은 결국 갈라섰다. 요즘의 이혼은 사람들의 입방아에 자주 오르내리는 인생의 선택 즈음으로 여겨지지만 그때 당시의 이혼은 인생이 절단되는 매우 격렬한 사건과 같았다. 당연지사 이혼 가정 또는 한 부모 자녀라는 꼬리표가 내 인생의 허파에 철썩 달라붙어 숨쉬기 버거운 날도 제법 많았다.

학교에서는 문제를 일으키지 않아도 문제를 일으킬 만한 소지가 다분한 아이로 분류되기도 했다. 스쳐가는 어른들은 언제든 잘못된 인생을 살 수밖에 없을 거라며 보이지 않는 내 미래를 점쳤다. 부족한 반쪽짜리 사랑이 형편없을 거라고 미루어 짐작하기도 했고 행여 실수라도 저지르면 모든 화살이 이혼이라는 조준점을 향하기도 했다.

친구와 둘도 없는 사이라고 여겨 내 안의 반쪽짜리 가정사를 꺼내 보이면 금을 긋고 퉁명스럽게 나를 대했다. 그러자 누구에게도 가정사를 들키지 않게 노심하는 것을 하루하루의 목표로 삼았다.

“우리 예쁜 강아지, 어디 좀 보자.”

가끔씩 뵈던 외할머니는 늘 내 머리를 쓰다듬으며 안쓰러운 눈빛으로 나를 바라봤다. 원치 않았던 딸의 결혼이 결국 바람 잘날 없는 가정으로 얼룩지자 본인 탓으로 돌리며 눈물을 자주 게워내셨다. 아끼던 딸이 가장이 되어 줄줄이 달린 자식들을 먹여 살리는 행색이 외할머니에겐 분명 기가 막힐 노릇이었을 테다.

외갓집에 갈 때마다 할머니는 엄마의 손을 두 손으로 포개곤 젖은 눈으로 바라보고 쓰다듬기를 반복했다. 외할아버지는 앉은 자리를 털더니 깊은 한숨을 내쉬며 자리를 벅차고 나가셨다. 차마 말로 담지 못할 한탄만이 외갓집 방안에 가득 메워졌다.

그런 할머니에게 귀에 딱지가 앉도록 내가 들었던 말은 “엄마한테 잘해야 한다”였다. 어려서는 “지금도 잘하고 있어요”라며 효도를 막무가내 강요하는 할머니의 말을 허공에 높이 던져버렸다.

기억을 곱씹어보면 귀 속에 쌓였던 말이 뒤늦게 가면을 벗고 기지

개를 켜 본색을 드러내는 일이 종종 있다. "너도 크면 알게 될 거야" 또는 "철 좀 들어라"와 같은.

어쩌면 나도 아이의 귀 속에 쌓여갈 여러 말을 전하고 있는지도 모른다. 훗날 그가 내 말의 본색과 마주하게 된다면 심연의 눈으로 나를 바라봐주는 것뿐 더는 바랄 게 없을 것 같다.

20살을 넘기자 구부러졌던 엄지손이 자연스레 펴졌다. 마모를 겪은 굽이친 성장통도 20살을 넘기자 큰 길을 닦고는 거름을 치고 사라졌다. 그러자 뚝심과 용기가 바람을 타고 불어와 쉬이 휘청대는 날이 없었다.

70kg

밑 빠진 독마냥 채워도 채워지지 않는 공허함에 몸 둘 바를 몰랐다. 내 의지로는 채울 수 없는 것들이 계속해서 나를 목마르게 했다. 그러자 당장 마음 가는 대로 공허함을 채울 수 있는 것을 찾아 두리번거렸다. 무언가 당장 내 안을 채울 수 있는 건 음식뿐이었다. 명치가 아릴 정도로 음식을 먹기 시작했다. 그러자 부풀어버린 복부가 묵직한 중력을 끌어들였다. 몸뚱이에 잔뜩 무게가 실리니 마음도 따라 무겁게 가라앉았다. 그렇게 음식을 먹으면서 사랑이 채워진 듯했고 관심이 메워진 듯했다.

"손도 대지 마. 내 거야!"

과자를 잔뜩 품에 안고서 동생을 향해 소리쳤다. 그러면 동생은 한 입만 달라고 모이 쫓는 아기 새마냥 나를 졸졸 따라다니곤 했다.

가진 자의 배려랄까. 봉지째 줄 아량은 온데간데없고 낱개 한 개 또는 서너 조각을 손가락으로 집어 아기 새들의 손 위에 나눠주었다.

"언니, 한입만 더 줘. 시키는 거 다할게."

가진 자는 포악한 미소를 짓고 조각 하나를 건네며 조아린 아기 새들에게 위력을 과시했다. 나는 먹는 걸로도 이런저런 충분한 만족을 느끼자 다양한 음식을 찾았다. 그러자 눈으로 보이는 온갖 음식을 여기저기 숨겨놓느라 바빴다. 검은 비닐봉투에 음식을 담아 자주 열어보지 않는 서랍 칸 안쪽에 밀어 넣거나 장롱 안에 숨겼다.

간혹 먹고 싶은 제철과일이 냉장고에서 떡 하니 보이면 몇 개를 골라 나만 아는 창고의 구석진 틈에 몰래 감춰놓았다. 밥솥에 밥이 가득하면 누군가 다 먹어버릴지도 모르는 불안감에 입속으로 꾸역꾸역 흰밥을 채워 넣었다.

한두 달이 지나도록 사그라지지 않던 식탐은 내 몸 구석구석에 자리를 틀고 노란 지방덩어리가 되어 나를 덮치기 시작했다. 40kg을 조금 넘긴 몸무게가 50kg을 넘어서고 60kg에 올라서자 기하급수적으로 숫자가 치솟았다. 나는 70kg이라는 정점을 찍고서야 뭔가 잘못돼가고 있음을 감지했다.

동생은 그런 나를 꽃돼지라고 부르고 다녔다. 이상하리만큼 나를 부르던 별명이 정겹게 느껴졌다. 입꼬리를 귀에까지 올리고 키득대는 개구진 동생의 표정이 그저 좋았다. 부모의 싸움터에서 겁먹고 울다가 지쳐버린 얼굴이 질렸던 터라 더욱 그랬을지도 모른다.

교복이 터무니없이 작아져 치맛단을 뜯고 새 품을 내었다. 허구한 날 상의 단추가 핑하고 날아가서는 행방이 묘연했고, 터진 교복을 깁느라 손바느질은 쉴 틈이 없었다.

엄마는 밤마다 나를 이끌고 집 앞 공원으로 산책하러 자주 데리고 나갔다. 많이 먹는다고 그만 먹으라고 다그치는 말 한마디 없었다.

엄마는 묵묵히 지켜만 보다가 잘 먹으니 그걸로 됐다며 내 속의 공허함을 투영하듯 말했다. 하기야 몸이 약해 기운 없던 어린 나로 인해 그토록 맘고생을 했다고 하니 엄마의 마음이 조금 헤아려졌다.

나는 어려서부터 늘 감기와 고열을 달고 살았다. 천장을 보고 누워 있거나 이마에 두툼한 물수건이 올려진 기억이 숱하게 많았다. 이마 위 물수건은 〈강시〉 영화에 나오는 부적처럼 꼼짝달싹 못하게 했다.

그럴 때마다 못내 기운을 끌어 카랑한 소리를 내질렀다.

"누가 부적 좀 떼 줘. 나가서 놀고 싶단 말이야."

학교 입학을 앞둔 그해 봄날도 그랬다. 이삼 일이면 낫는 감기가 8살의 폐를 순식간에 갉아먹었다. 약한 몸에 든 병 기운은 자기 집인 양 내 가슴에 박혀 쉬이 물러가지 않았다. 그렇게 폐렴으로 3개월을 병원에 입원했다.

환자복을 입히고 긴 바늘을 사정없이 꽂아대는 사람들이 괴물보다 무서워 이틀 밤을 집에 가고 싶다며 눈물로 지새웠다. 3일 차가 되자 어느 정도 현실을 받아들이기 시작했고 일주일이 되자 사방팔방을 놀이터 삼아 발길이 닿지 않은 곳이 없었다.

앙증맞은 손에 긴 링거를 꽂다가 두 팔이 팽팽히 부풀어버린 날이 있었다. 팔의 구석구석마다 바늘이 거부되자 이마를 넓혀 머리의 혈관자리에 링거를 꽂기로 했다. 내가 아끼던 인형을 닮은 간호사 언니가 상냥히 말했다.

"머리 요만큼만 깎아도 될까? 조금만 다듬어도 예쁠 거야."

그토록 부드럽게 나를 어루만지는데 안 된다고 거절할 수가 없었다. 마지못해 허락을 하자 그녀는 거침없이 내 머리를 바리캉으로 밀었다. 한 치의 아쉬움도 새지 않게 일사천리로 잘려나간 머리카락은 바닥을 뒹굴며 흩어지고 말았다.

거울을 보았다. 왼쪽 이마선이 골짜기처럼 정수리를 향해 뻗어났다.

"이게 뭐야!"

반쪽짜리 대머리가 된 모습이 얼마나 서럽던지 눈에서 눈물이 하염없이 떨어졌다. 흰 가운을 입은 의사가 병실로 들어와 거짓말 같은 칭찬을 건네고 나서야 울음은 멈췄다.

"어제보다 훨씬 예쁜데?"

포근한 향이 풍기던 그는 늘 머리가 헝클어져 있었고 친절한 저음을 냈다. 링거가 꽂힌 내 머리를 매만지는 틈에 새초롬히 그의 눈을 바라봤다. 아팠던 기억조차 사람이라는 향기를 입으니 어느 꽃길 못지않았다.

결국 사람인 듯했다. 채워도 채워지지 않던 공허함의 원천도 사람이 답이었다. 바라지 않는 사랑이라고 해놓고서 남몰래 바라다 말라버린 갈증이었다. 생계를 붙잡고 셋이나 되는 자식들을 끌고 가는 엄마에게 사랑까지 바라서야 되겠냐며 스스로를 억누르고 살았다. 그렇게 불구가 된 내 마음을 달래주려고 엄마는 기꺼이 고단했던 몸을 이끌고 공원으로 향했다.

"밤기운이 차구나. 바람 샐라, 단추 잠그거라."

색을 잃은 나무와 풀잎들이 경건한 밤바람에 리듬을 타며 흔들거렸다. 가로등을 따르는 시커먼 벌레 떼들이 빛을 먹고 한숨 쉬어가기도 했다. 엄마와 단둘이 걷는 일은 참으로 새롭고 포근한 여유였다. 우리의 시공간에서는 어떤 말도 소음이 될 뿐이었다. 묵언 속에 그저 엄마의 들숨과 나의 날숨이 서로 엉겨 붙은 채 떨어질 줄 몰랐다. 시간이 더디게 흘러가기를 바라고 바랐다.

"큰딸, 요즘 뭐 필요한 것 있어?"

"없어요."

"갖고 싶은 건?"

"그것도 없어요."

나는 혼자가 된 엄마가 언제라도 기댈 수 있도록 강한 척, 괜찮은 척, 듬직한 척하며 살기로 했다. 그렇게 무뚝뚝한 장녀가 되어갔다.

용돈이 부족하거나 나약함이 밀려올 때에도 늘 괜찮다고 답했다.

괜찮지 않아도 괜찮아지려고 애써 노력하며 버텼다. 어느 날 엄마는 공원을 걷다가 갑자기 내 손을 어루만졌다.

"큰딸, 동생 챙기랴. 엄마가 못 다한 살림하랴. 항상 고맙고 사랑해."

코끝이 알싸해지더니 눈물이 핑 돌았다. 공허함도 갈증도 사랑한다는 한마디로 단숨에 누그러졌다. 그 말 한번 들으려고 그렇게도 내 몸을 망가트려 엄마의 관심을 끌었나보다.

'엄마, 저도 사랑해요' 하고는 와락 엄마 품에 안겨야 하는데 나는 그럴만한 애교도 넉살도 없었다. 겨우 입에서 꺼낸 말은 "나도…"라는 두 글자와 여운뿐이었다. 그럼에도 엄마는 내 손을 꽉 쥐어 환한 웃음을 지어보이셨다.

공원을 걷고서 다음 날이 되자 포근한 새아침이 밝았다. 사랑이 채워지자 음식은 시들해졌고 삶에는 윤기가 흘렀다. 그렇게 조금씩 내 자리를 찾았지만 사랑을 표현하지 못한 아쉬움은 커져 갔다. 부모의 고성으로 점철된 하루하루를 사느라 가족 간에는 따듯하면서 적당한 온기의 대화를 주고받지 못했다. 진심이 담긴 말의 팔 할은 집 안 언저리에서 주춤하다가 사라질 뿐이었다. 진심은 말로써 품어져 나와야 정체성이 드러났다. 사랑한다면 사랑한다고, 아프면 아프다고, 힘들면 힘들다고 세상 밖으로 꺼내야만 했다. 솔직한 감정은 아무런 의심을 두지 않는다는 걸 진작부터 알고 있어야 했다.

나는 오늘도 사랑한다는 말이 하루에도 몇 번씩 내 입술에 닿는다.

"아들 사랑해, 여보 사랑해, 그리고 나도 사랑해."

그러자 삶이 말을 따르기 시작했다. 표정이 밝아졌고 손길은 따스해졌다. 밝고 따듯한 온도로 하루가 달궈지자 매일이 설렜다. 긍정적이고 좋은 말로 숨 쉬는 길을 터야 하는 이유다.

자격지심

새로운 중학교로 전학을 오고 얼추 시간이 흘러 새 학년을 맞았다. 건물의 3층을 차지했던 3학년 교실은 복도를 공유한 채 남자 반과 여자 반이 각각 분리되어 있었다. 복도를 지나가다가 남학생 반을 어김없이 지나칠 때면 시선이 힐끗 창문 언저리에 머무르기도 했다. 이성에 대한 호기심이 물씬 생겨난 시기였던지라 일면식 없는 남학생과 복도에서 마주치기라도 하면 금세 얼굴이 빨개지고 발걸음은 안절부절못했다.

어느 날 나는 교실로 올라가는 계단 난간에서 아래층을 향해 빠른 걸음으로 내려오는 누군가의 발소리를 감지했다. 얼마나 힘이 실렸는지 쿵쿵대는 발걸음에 놀라 옆으로 비켜섰다. 그러다 내려오는 누군가와 한 뼘도 안 되는 공간을 두곤 서로를 마주봤다. 하마터면 그의 품으로 들어가 돌이킬 수 없는 민망함을 가져갈 뻔했다.

"죄송합니다."

마주선 남학생의 사과를 받고서야 내 마음이 진정됐다.

'어느 반 누굴까?'

왠지 모르게 잊히지 않는 남학생의 얼굴이 자꾸만 눈에 아른거렸다.

친하게 지내는 단짝 친구가 있었다. 한나, 이름도 참 예뻤다. 그녀는 나보다 한 뼘 작은 키에 깔끔한 단발머리를 하고 다녔다. 쌍꺼풀진 큰 눈과 오뚝한 코가 꽤나 짙고도 어여뻤다.

어느 날, 점심시간을 틈타 한나와 창문가에 걸터앉아 지난 계단 사건을 얘기하며 수줍은 미소를 지었다. 교실 안에는 책상 위에 엎드려 낮잠을 자거나 수다를 떠는 친구들이 각자의 시간을 재미나게 보내고 있었다. 그때 운동장에서 공이 크게 튕기는 소리에 깜짝 놀라서 동시에 소리 난 곳을 응시했다. 그곳에는 계단에서 마주쳤던 남학생이 우두커니 서 있었다. 멀리서도 한눈에 알아볼 만한 외모였다. 입학부터 전 학년을 다녔던 한나가 운을 뗐다.

"어라? 우리 학교 전교 1등이네."

"아는 사이야? 친해?"

한나는 손사래를 치며 부정했다. 나는 이내 한나의 귀에 대고 나지막이 속삭였다.

"바로 저 아이야."

한나는 큰 눈을 더 크게 떴다. 손뼉을 치면서 설레발도 놓았다.

그러자 아무 말 없이 빨갛게 달아오른 나의 두 뺨이 성가시기만 했다.

한나는 복도에서 그를 마주칠 때마다 넌지시 말을 건넸다.

"내 친구랑 친구할래?"

한나는 당차고 저돌적이었다. 그러나 그는 미안한데 관심 없다는 말만 되풀이했다. 서너 번 밑밥을 투척해도 반응이 없자 한나는 침통한 표정으로 내게 말했다.

"단념하자. 나쁜 남자야."

중학생의 설렘은 졸업과 동시에 사그라졌다. 그러다 그를 다시 만난 건 고등학교 1학년 겨울방학이었다. 그는 이성과 동성을 넘나들며 내게 좋은 친구가 되어주었다. 입시문제로 답답하거나 교우관계로 고민이 있을 때마다 서로 공감과 위로를 주고받곤 했다.

고3이 된 어느 날, 그가 경직된 얼굴로 약속장소를 향해 걸어왔다.

그리곤 평소와 다른 어투로 내게 말했다.

"혹시 알고 있니?"

"뭘?"

"엄마가 엊그제 너희 집에 찾아가셨대."

"뭐? 대체 왜? 난 엄마한테 아무 말도 못 들었어."

"너한테 말씀 안 하셨구나. 너 때문에 내 성적이 떨어진다고 얘기하고 오셨나 봐."

가슴에 장대 하나가 멀리서 날아와 그대로 가슴에 꽂혀버린 느낌이었다. 그를 마주한 두 발이 땅에 붙어 떨어질 줄 몰랐다. 신경 쓰지 않는다는 그의 말은 힘이 빠져 휘청거렸다. 그의 실력은 팔 할이 부모의 관심으로 만들어졌다. 자식에 대한 기대가 내가 감히 상상도 못할 만큼 컸으리라.

그에 대한 잔상은 꽤 오랫동안 내 마음을 움츠러들게 했다. 한참 성인이 되고 나서도 벗어나지 못했다.

빛바랜 벽돌이 막무가내로 엉켜져 음습함이 훅 치고 달아나는 5층짜리 다세대 주택, 그곳 반지하에서 20대 풋풋한 시절을 잠시 보냈다. 우리 집 형편은 여전했다. 집을 향해 같은 길을 걷다가도 누군가는 엘리베이터를 타고 올라가는 반면 나는 계단을 딛고 땅 밑으로 내려갔다. 마치 정해진 운명이 있는 듯 금은 금대로 흙은 흙대로 흩어지는 모양새 같았다.

그 시절 한 남자를 소개받았다. 친구로 지내기로 했다. 어느 날 그가 짙은 밤중에 문자를 보냈다. 우리 집 앞이니 잠깐 나와 달라는 문자였다. 순간 내가 사는 형편을 들키기라도 할까 봐 불안감이 급습했다.

다시는 누구에게도 나의 형편을 들키지 않겠다고 다짐했던 터라 문 밖으로 나가지 않았다. 아니, 나갈 수 없었다. 넘보지 못하는 간격을 굳이 내 발로 무너트리는 무모함을 저지르기 싫었다.

그의 고집 또한 대단했다. 내가 나올 때까지 기다리겠다며 문자를 통해 실랑이를 벌였다. 몇 시간이 흘렀을까. 제자리에서 하염없이 기다리던 그를 위해 나는 체념한 듯 문을 열어 제꼈다. 건물의 천장 위로 감지 등이 작동되던 탓에 우리 집 번지수가 적나라하게 복도 창을 통해 드러났다. 창피한 마음만 그득해지자 그가 못내 원망스러웠다.

그날따라 골목길의 채도는 낮았고, 멀리선 가로등은 희미했다. 적막한 거리에서 그와 마주하니 이상하고 어색한 기운만 맴돌았다. 뒷짐을 지다가 한 손을 허리에 올렸다가 어쩔 줄 몰라 하던 그가 숨겨둔 마음을 조심히 펼쳤다. 미안하게도 그의 진심은 나의 열등감에 가려져 보이질 않았다.

그와의 사랑은 자신 없었다. 아니, 누구와의 사랑도 자신 없긴 마찬가지였다. 나를 옭아매는 한 바깥으로 빠져나올 길은 없어 보였다.

얼마 전 가장 예쁜 꽃을 사러 꽃집에 들렀다. 꽃집을 꾸미고 있는 건 높고 넓은 투명한 쇼케이스였다. 꽃집 주인은 광택이 나는 반질반질한 유리문으로 다가가 구릿빛의 쇠고리를 손으로 잡아당겼다. 그곳에는 저마다의 꽃들이 단장을 한 채 고급 포장지에 둘러싸여 기품 있는 자태로 놓여 있었다.

역시나 장미꽃은 눈부시게 아름다웠다. 칸칸마다 가득 찬 화려한 꽃들도 장미처럼 눈길이 사로잡혔다가도 금세 시들어버리곤 했다. 나는 더 예쁜 꽃을 찾으러 이리저리 주위를 둘러봤다.

마침 바닥에 깔린 신문지 위로 풍성하게 하얀 꽃들이 자리를 수놓고 있었다. 하얀 수국이었다. 작은 잎들이 옹기종기 모여 풍성한 꽃숲을 이룬 듯 싱그러운 빛이 새어나왔다. 넋을 놓고 바라보는 내게 꽃집 주인이 말했다.

"수국은 어디서나 한결같이 아름답죠."

어디에 있든지 오롯이 내가 빛나면 되는 것이다. 허름한 신문지 위에서도 수국의 아름다움이 빛발치는 것처럼.

숨바꼭질

무려 6개월을 갇혀 살았다. 내가 만든 나만의 감옥에서 말이다. 세상은 이런 나를 은둔형 외톨이라고 정의해주었다.

갑작스레 떠밀려온 스무 살의 내게로 성인이란 이름표가 막무가내 달렸다. 학교와 가정이라는 둘레를 벗어나자 누구 할 것 없이 내게 무시무시한 책임의 무게를 논했다. 겨우 고등학교를 졸업한 것뿐인데 세상은 스무 살의 엉성한 나를 차갑게 매도했다.

고3의 연말이 다가오자 대학교, 전공, 꿈을 정하는데 그리 오랜 시간이 주어지지 않았다. 불시에 인생의 진로를 쫓기듯 정해야 했고, 그 후에는 떠밀리듯 직업을 정해서 경쟁의 대열에 재빨리 줄을 서야 했다. 또 경쟁에서 낙오되지 않게 이곳저곳 얼굴 도장을 찍으며 내달려야 했다. 그럴 것이 대학교의 레벨로 삶의 질이 결정되고 전공은 직업으로 이어져 인생이 된다고 생각했다. 그런 중대한 결정을 고작 짧은 시간과 점수로 좌지우지되어야만 하는지 이해할 수가 없었다. 그렇게 스무 살의 나는 원서를 쓰느라 여념이 없는 친구들 사이로 멍하니 냉소적인 시선으로 세상을 바라봤다. 차라리 점수 따라 꿈꾸라며 누가 말이라도 해주지 어른들은 아무런 말이 없었다.

이제와 생각해보면 스무 살의 나는 세상을 보는 시야가 나이만큼이나 좁았다. 점수에 맞춘 전공은 가다가 방향을 틀기도 했고 직업을 선택할 때에 절대적인 필수조건도 되지 않았다.

어느 날 수능점수에 따라 대학교의 레벨이 나눠진 도표를 보았다.

내 인생이 도표에 따라 작아지고 낮아지면서 형편없는 미래를 종이 위에 점쳐야 했다. 점수 따라 배분된 세상의 잣대를 기어코 부정하며 흔한 투정을 뱉어냈다. 주어진 대로 따라가라는 세상의 지시에 콧방귀를 끼며 세상과 벽을 쌓기 시작했다. 나를 멋대로 재단하려는 시선에서 도망치자 마음속에 동굴이 지어졌다.

엄마는 입시의 좌절로 엎어진 나를 일으켜 세우려고 안간힘을 썼다. 그러다가 넓은 길로 나를 안내했다. 거대한 기회의 땅, 중국에서 뜻을 펼쳐보라며 나를 떠밀었다. 가장인 엄마가 혼자서 생계를 책임지고 있는데 유학을 가다니, 그런 꿈조차 꾸지 못할 형편이었다.

더구나 성인의 대열에 반듯이 설 수 있는 나이가 되자 하루빨리 생업에 뛰어들고 싶었다. 그런 마음을 눈치 채기라도 한 듯 가난은 대물림되어서는 안 된다며 엄마는 꼭 다문 입술을 깨무셨다. 돈이야 빚을 져서라도 마련할 테니 절망하지 말라며 축 처진 어깨를 도닥여주었다.

고등학교 졸업식을 마친 그다음 날 중국행 비행기에 올라탔다. 난생 처음의 외국행이었다. 먹고살기 힘든 하루하루를 버텨낼 동생들과 엄마의 고단함이 국경을 넘어서도 따라왔다. 그러자 혼자만의 안위를 즐기기는커녕 엄마의 피와 눈물로 빚어낸 시간을 아무렇게나 쓸 수가 없었다.

무더위가 한참 기승을 부릴 때 나는 다시 한국으로 돌아왔다. 취업을 하기로 결심하고 곧장 생계전선에 뛰어들 참이었다. 중국에 가 있는 다섯 달 동안 엄마는 많이 쇠약해졌고 집안의 몰골은 말이 아니었다. 이기적인 역할극을 마무리 짓고 이제 그만 엄마의 한숨을 덜어내야 했다. 엄마의 희생은 거기까지도 과분했다.

그럼에도 엄마는 내 뜻을 받아들이지 않았다. 잘 다니던 중국 대학의 이름표를 버리고 이제와 주저앉아 돈을 벌겠다니. 엄마에겐 받아들일 수 없는 철부지 딸의 생고집일 뿐이었다. 집을 뿌리째 흔드는 돈으로 나 혼자 공부를 하겠다는 건 욕심이라고 생각했다. 더구나 실패해서 도망친 현실은 더욱 비참하기만 했다. 어디에도 속하지 못하는 낙오자가 된 기분으로 중국과 한국을 오갈 뿐이었다. 결국 스무 해 평생 처음으로 엄마의 뜻에 반기를 들었다. 갈등은 서로를 갉아 부스럼을 남겼고 긴 터널의 암흑 속으로 자꾸만 빠져 들어갔다.

2001년의 여름 끝자락, 나는 방문을 잠궜다. 밖에서 두드리고 고함을 질러대도 잠긴 문은 끝내 열리지 않았다. 그리 긴 시간이 걸릴지는 예상하지 못했다. 그렇게 은둔형 외톨이가 될 줄은 꿈에도 몰랐다.

일인용 침대와 오래된 책상 그리고 조촐한 옷장이 있던 4평짜리 공간에서 내가 아니면 끝낼 수 없는 기나긴 싸움을 시작했다.

어느 날 나는 방안의 책을 바닥에 집어던졌고 옷을 꺼내 갈기갈기 찢었다. 그러다 비참함이 사무쳐 원망이 쏟아졌고 더 깊숙이 숨어버렸다. 입시의 희생양이자 인생의 실패자라며 억울하다고 몸부림을 쳤다. 스무 살의 여리고 말랑한 자아가 철퍼덕 쏟아지더니 한순간에 뭉개져 흩어졌다. 끝도 없이 내 몸과 마음에 생채기를 내며 처절하게 무너져갔다.

어제가 오늘 같고 오늘이 어제 같은 똑같은 시간만 흘러가던 어느 날, 나는 창문을 매만지다가 살며시 열어젖혔다.

여전히 방문을 두드리면서 얘기 좀 하자는 엄마의 말이 문틈으로 들어오더니 열린 창문으로 흩어졌다. 창가 언저리에선 제법 선선한 바람이 불어 들어왔다. 못내 떠나보내야 하는 가을자락이 아쉽기만 했다. 그러자 다가오는 시간에게 체체하고 무심하게 속삭였다. 내일이면 아무렇지 않게 한 발 내딛을 수 있는 용기를 달라고. 그럼에도 아무것도 달라지지 않은 하루가 또다시 반복되자 다시 절망 속을 헤엄쳤다.

목이 타거나 배가 고프면 문밖의 동태를 귀를 대고 살폈다.

인기척이 들리지 않으면 서둘러 방문을 열고 나가 목을 축이고 배를 채웠다. 어느 날은 식탁 위에 정갈하게 차려진 고깃상을 보았다. 나를 위한 음식을 차려놓곤 밖에서 서성이는 가족들을 훔쳐보며 눈시울이 붉어지기도 했다. 처음 며칠간 엄마는 비상키를 가져와 문을 열고 나를 흔들고 비틀었다. 그럼에도 내 동공은 전혀 흔들리지 않았다. 한 달이 지나자 엄마는 성토하기 시작했고 두 달이 지나자 나오기만 하라며 문밖에서 기도를 했다.

문을 잠그자 온갖 생각의 곁가지가 뻗치기 시작했다. 존재, 고민, 불안, 걱정, 후회 등 외면하고 싶었던 스무 살의 시련을 끄집어냈다. 막상 시야에 들어온 인생의 불순물은 미세한 거름망으로도 걸러지지 않는 크기에 불과했다. 세상의 나이에 걸맞는 옷을 걸치지 못했다고 퍽 억울할 것도 없었다. 그렇게 내 꿈 안에서 세상의 잣대를 솎아내자 진짜 내가 꿈꾸는 것이 무엇인지 궁금해졌다.

가수가 되고 싶고 경찰이 되고 싶고 작가도 되고 싶었다. 그런 마음을 들춰내자 1등급의 수능점수는 그다지 필요하지 않았다.

다음 날 또 그다음 날도 나는 창문을 열어젖혀 코끝이 찡한 바람을 온몸으로 맞이했다. 바람조차 흔들렸고 길가의 나뭇가지는 이파리 없이 휑했다. 내게 주어진 결핍도 원망이 아닌 목적으로 삼자 부정적인 생각이 잠잠해지기 시작했다. 뜻하지 않은 기준대로 구분될지라도 대신 그 안에서 변화를 꿈꿔보자고 다짐했다. 그러는 사이 창문 사이로 완연한 겨울바람이 작별인사를 한다고 방안을 가득 채웠다.

시린 기운에 두꺼운 옷을 옷장에서 꺼내 입고는 이부자리를 정리했다. 창밖으로는 뽀얀 눈이 벚꽃처럼 흩날리고 있었다. 살아 움직이는 눈송이가 내 눈망울에 사뿐히 매달렸다. 차갑게 녹아드는 눈꽃의

느낌이 조금 설렜다. 이윽고 나는 큰 숨을 내쉬곤 문손잡이를 잡아 스르르 돌렸다. 문이 열리자 거실에는 정적이 흐르더니 이내 동생이 달려와 나를 와락 껴안았다. 저만치 떨어진 엄마의 두 눈에서 인고의 눈물이 주르륵 쏟아졌다.

세상을 탓하고 엄마를 탓하며 쏘아올린 화살촉은 결국 나를 겨냥하고 나서야 끝이 났다. 고통스런 시간을 견디는 동안 마음의 파도는 한결 잔잔해졌다. 외려 생각에는 깊이가 생겨났다. 변명만 늘어놓던 내가 실수를 인정하고 나니 행동에도 생각이 깃들었다.

그저 잊을 수만 있다면 잊고 살고 싶은 은둔기였다. 그럼에도 그때의 회환은 성장하기에 충분한 거름이 되어 주었다. 버린 시간만큼 외면하고 살았던 진짜 나를 찾았으니 득과 실이 팽팽한 시간이었음은 분명하다.

이 밤, 또다시 요란한 태풍이 밀려오고 있다. 힘들게 찾아오더라도 오랫동안 움츠리지 않기를.

버림받이

나는 매일 밤 만날 싸우는 부모에게 한순간 버려질지 모른다는 막연한 공포에 시달리곤 했다. 숨죽여 귀를 막고는 제발 버림받지 않기를 바라고 바라며 깨달은 게 하나 있었다.

누구에게도 상처받지 않으려면 누구와도 가깝지 않게 거리를 두어야 한다는 것. 그러면 버림받아도 아프지 않을 것만 같았다. 버스에 탄 내 옆의 누군가가 어느 정거장에서 먼저 떠나가도 아무렇지 않은 그 마음처럼 말이다.

내 안의 결핍을 들키지 않고 상대가 내게 중요한 사람이란 걸 눈치채지 않도록 철저히 몸가짐을 계산하기로 했다. 그렇게 나는 엄마에게서 사랑을 구걸하지 않았다. 사랑을 달라고 했다가 내 사랑이 행여 짐이 되고 부담이 될까 봐 두려웠다. 무척이나 안기고 싶고 기대고 싶었지만 그럴 때마다 마음을 꾹꾹 눌러 담았다. 어느 날부턴가 마음을 글로 써내려가니 조금 홀가분한 기분이 들었다. 연습장에 낙서를 휘갈기던 글씨는 문장이 되어 일기가 되거나 한 편의 시가 되었다. 친구와의 관계에서도 그랬다. 나를 감추고 지내느라 상대의 깊은 상처를 알 듯 모를 듯 했다. 적당히 알아서 지나치는 것이 나를 지키는 최선의 방법이라 여겼다.

초등학교 4학년 때의 일이다. 한 반의 구성원이 대략 50명 가까이 되었다. 그 많고 많은 학생들 사이에서 왕따가 존재했다. 우리 반에서는 가난하다는 이유만으로 한 여학생이 낙인찍혔다. 그러자 나는 그들 사이에서 가난이라는 말을 입 밖으로 절대 꺼내지 않았다. 별다를 것 없이 평범한 학생 축에 속하려고 우리 집 형편을 감추느라 급급했다.

그 시절엔 땅 위에서 할 수 있는 다양한 놀이가 많았다. 비석치기, 두꺼비집, 고무줄놀이, 땅따먹기 등. 매일 흙을 갖고 노는 아이들의 손톱에는 작고 검은 모래알이 빼곡히 껴있었다. 손톱에 때가 꼈다는 당연한 이유로 그녀가 놀림을 받자 나는 멀찌감치 떨어져 두 손을 숨겼다. 나 역시도 구석구석 모래가 껴있지 않은 손톱이 없었다. 행여나 함께 놀림을 받을까 봐 살포시 손을 감추어 주머니 속에 냉큼 집어넣었다.

몇몇 아이들이 소곤소곤 모여 금세 뭉쳐졌다. 그러고는 그녀가 앉으려는 찰나에 의자를 잽싸게 뒤로 뺐다. 뒤로 발라당 넘어지며 민망한 표정을 짓던 그녀의 표정을 보면서 아이들은 배를 잡고 비열하게 웃었다. 어떤 날은 그녀가 책상 사이를 걸어가자 누군가가 금세 다리를 뻗었다. 뻗은 다리에 걸려 꽈당 하고 넘어지면 그 일대가 웃음

바다가 되곤 했다. 그녀의 짝꿍은 책상을 연필로 그어 각자의 공간을 분리시켰다. 얼토당토하지도 않게 일곱 뼘과 두 뼘으로 공간을 분리시키고 선을 넘으면 응징하겠다며 고래고래 소리쳤다.

때론 함께 놀고 싶어서 끼워달라고 애원해도 어느 누구도 그녀의 말을 들어주지 않았다. 그런 상황에 반기를 들면 누구라도 그녀와 같은 시달림을 당할 것만 같았다. 나 또한 그저 모르는 척 지켜볼 수밖에 없었다. 용기가 없으니 선의도 지킬 수가 없었다.

내 눈에 비친 그녀의 모습은 주근깨가 촘촘히 박힌 동그란 얼굴로 귀여운 인상을 풍겼다. 곱슬머리를 한 갈래로 묶고 빛이 바랜 연한 색감의 옷들을 자주 입고 다녔다. 착한 심성을 알아차린 건 내게 손을 내민 어느 날의 사고 때문이었다. 학교 운동장에서 뛰다가 심하게 넘어진 내게로 그녀가 다가왔다. 괜찮은 거냐며 주저앉은 나를 일으켰다. 묻은 모래를 털어주고 양호실까지 나를 부축해주던 그녀가 고마웠다. 허나 친구들의 시달림에 언제 한번 나서서 두둔해주지 못해선지 늘 미안했다. 나의 용기 없고 어리숙한 행동이 그 바람에 몹시도 미웠다.

어느 날 그녀는 자신의 집에 나를 초대했다. 다른 친구들이 보지 않는 틈을 타 그녀의 뒤를 졸졸 따라갔다. 벌거벗은 동산 위에 외딴 판잣집이 하나 있었다. 빛바랜 철판이 어설픈 기둥이 되어 집의 형태를 알렸고, 듬성듬성한 못질이 여실히 드러난 외벽에는 색도 칠하지 않은 합판이 세워져 있었다. 그 광경이 그리 놀랍지 않다는 내 표정을 힐끔 보더니 살짝 미소를 지어보이던 그녀였다. 우리는 집 앞마당에 쌓인 모래언덕에 철퍼덕 주저앉고 놀았다. 해가 뉘엿뉘엿 질 때쯤 속삭이듯 그녀가 말했다.

"우리 부모님은 매일 화만 내셔."

왜냐고 물으니 사는 게 힘들어서 그렇다고 했다. 그럼에도 억울할 때나 시달림을 당할 때도 그녀는 한 번도 화를 내지 않았다.

"나를 괴롭히는 친구들한테 화를 못 내겠어. 내가 화내면 나를 더 싫어할 테니까."

무심하게 애써 둘러대는 그녀의 표정을 바라보다가 가슴이 먹먹했다. 그럼에도 나는 뒷걸음질 치면서 무심한 듯 멀리 서 있었다. 그저 내일 또 놀러오겠다며 거친 친구의 손을 잡아주는 것 말곤 아무것도 하지 않았다.

얼마 전 영화 〈레옹〉을 다시 보았다. 영화는 상처받은 사람끼리 서로를 치유하는 게 과연 가능한가에 대한 답을 여지없이 방증해주었다. 한곳에 뿌리내리지 못한 자신을 닮은 화분을 안고 다니는 레옹, 버림받은 외로운 아이 마틸다와의 스토리는 언제나 심금을 울린다. 극중 이복언니에게 흠씬 두들겨 맞고 피를 흘리는 마틸다에게 레옹이 다가가 손수건을 건넨다. 마틸다는 피를 닦으며 레옹에게 묻는다.

"Is life always this hard? Or it just when you're kid?"

(사는 건 언제나 이렇게 힘든가요? 아니면 아직 어려서 그런가요?)

레옹은 말한다.

“Always like this.”(항상 그렇게 힘들지.)

나는 손이 거칠었던 그녀에게도 레옹과 같은 대답을 전하고 싶었다. 만약 그때 우리가 공감을 나눴다면 어떤 의미가 되었을까. 내 마음을 허심탄회하게 터놓았다면 둘도 없는 우정으로 마침표를 찍게 되었을지도 모른다. 일방적인 이해와 공감은 그 깊이가 얕지만 쌍방의 이해와 공감은 깊은 여운을 남기기 때문이다. 가까스로 푸른 달이 떠오르는 오늘 밤에서야 그녀의 마음을 달래주었다.

어른이 된 나는 이성과의 관계에서도 버림받지 않으려고 애썼다.

손을 내밀어 서로에 대해 알아가는 순간 나는 숨기느라 애가 탔고 상대는 보여주려 애를 썼다. 나를 깊게 알고 싶다고 다가올라치면 당신은 그럴 자격이 없다며 사랑의 조건을 운운했다. 진심으로 사랑의 감정을 느끼다가도 가정사가 드러날까 봐 애써 사랑을 숨기기에 바빴다. 한 번도 고생해본 적 없는 사람처럼 보였고 한 번도 상처받은 적 없는 사람처럼 살았다. 그럴수록 상대방 또한 마음을 열어 상처를 보여주는 밑지는 행동을 하지 않았다. 무르익어도 가볍고 오래 되어도 깊지 않은 미지근한 인연만 오고갈 뿐이었다. 버림받지 않기로 작정한 이상 버림받아도 기꺼이 괜찮다며 안아줄 연인 또한 만날 수가 없었다.

나는 늘 차가웠다. 날을 세우고 방어만 하다 보니 상대의 눈에 비친 내 모습은 딱딱하고 어둡기만 했다. 버림받지 않으려고 기를 쓰다가 결국 스스로에게 버림받은 꼴이었다. 예전의 내 온기는 적당히 뜨겁고 풍요로웠다. 정성스레 써내려간 편지 한 장에 감동의 눈물을 한 바가지 쏟아냈고 상대의 흉터를 어루만지며 함께 고통을 나누기도 했다. 상대가 저지른 실수도 그럴 수 있다고 이해했고 소소한 감정을 나누면서 진심으로 기뻐했다. 주위를 바라보는 혜안으로 관계를 더욱 돈독히 다졌고, 무엇보다 들춰진 흉터를 보며 오인하거나 실망한 눈빛을 건네지 않았다. 그런 온기로 상대를 데우면 따뜻해진 손길이 다시 나에게로 향했다.

나는 뾰족해질 대로 뾰족해질 때까지도 그런 날들을 까마득히 잊고 살았다. 날카로운 가시가 뻗친 외로운 인생보다 언제고 손길이 닿는 허울 없는 인생을 바랐으면서도 그랬다. 결국 내가 가진 뾰족함에 찔리고 나서야 모든 걸 멈추었다. 따듯한 온기를 되찾으려면 꼭 그래야만 했다.

Chapter 4

방황

부족한 거 투성이던 내가 성인이 되어 사회인이 되었고 아내와 엄마가 되었다. 모든 과정은 내게 처음의 당혹감을 건네며 방황을 선물했다. 솔직하자면 어느 역할도 쉽지 않았다. 방황은 때론 절벽으로 나를 밀쳤고 바닥으로 패대기를 쳤다. 나에게만 모질게 구는 게 아니냐며 애절한 불만을 토로하기도 했다. 처음치고는 능숙하게 해내는 사람들도 많았지만 내겐 늘 버거웠다. 넘어지고 엎어지고 주저앉아 울어버리면 미련하게 보이지는 않을지 두려웠다. 사람은 누구든지 간에 처음의 삶을 살고 있다. 처음이니까 넘어져도 되고 길을 잃거나 헤매도 된다. 어쩌면 방황하고 있다는 건 살아 있는 자의 특권이지 않을까.

중국 북경행

정확히 말하자면 도피유학이지만 꾸며내기에 이보다 더 좋은 구실이 없었다. 정작 입시 실패로 차선으로 주어진 선택지였음에도 대학 입학식을 앞둔 여느 친구들에겐 멋들어진 말로 나를 포장하기 바빴다. 기대에 못 미치는 대학을 가게 된 친구들은 하나같이 외국에 대한 동경을 품었다. 그럴 것이 입학과 동시에 재도전의 기회를 위해 또다시 입시 전쟁을 치러야 하는 친구들이 많았다. 그런 압박으로부터 잠시 자유로워진 내가 그들 눈에는 더없이 좋아보였을 테다. 그저 내가 웃으니 행복해서 좋겠다는 소리가 듣기 좋았고, 그런 나를 동경하는 눈빛이 싫지만은 않았다. 엄마의 희생이 절실해서 눈물을 머금고 가는 것이란 사실을 누구에게도 당당히 말할 수가 없었다.

아니, 말하기 싫었던 스무 살의 어쭙잖은 자존심이었다. 어쩌면 나도 누군가의 속사정을 모른 채 행복하겠다거나 불행하겠다고 섣부른 판단을 건네지는 않았는지 모를 일이다.

나는 때때로 단면만 보고 전체를 아우르는 오류를 범했다. 하나를 보면 열을 아는 사람처럼 말이다.

중국의 사상가 공자는 여럿 제자 중 자공에게 이렇게 물었다.

"너희 둘 중에 누가 더 낫다고 생각하느냐?"

가장 뛰어난 두 제자 안회와 자공을 두고 한 말이었다. 그러자 자공은 이렇게 답했다.

"안회는 하나를 들으면 열을 알지만, 저는 하나를 들으면 둘을 알 뿐이지요."

무릇 하나를 보고 열을 알아차리는 것은 예로부터 뛰어난 사람들의 공통된 특징이기도 했다. 오늘날 하나를 보고 열을 판단하려는 사람들의 내심이 당연한 것일지도 모른다. 나는 자공과 비슷한 한 사람으로서 하나를 들으면 하나만 알거나 둘만 아는 사람이고 싶은 건 변함이 없다.

2001년 2월의 어느 날, 고등학교 졸업식을 마치고 북경행 비행기에 올라탔다. 공항 출국심사장 앞에서 장문의 편지를 건네며 아쉬움의 눈물을 훔치던 엄마의 얼굴이 설레는 두 발을 가슴 저리게 붙잡았다. 당장 펼쳐질 고생길에도 한숨 한 번 내쉬지 않던 엄마가 뒤돌아서 들어가는 나를 보며 연신 눈물을 훔쳤다. 마음 편하게 몸 상하지 않게 지내다 오라는 엄마의 메아리만 귓바퀴를 맴돌았다. 탑승구에 다다르자 눈앞에 펼쳐진 광활하고 거대한 비행장에 시선을 빼앗겼다. 나란히 줄을 맞춰 서 있는 커다란 비행기를 보면서 슬픔은커녕 미지의 흥분을 감출 수가 없었다.

비행기를 타고 해외여행을 다녀왔던 친구들을 게염나는 눈빛으로 바라봤던 어린 시절의 나를 떠올렸다. 아무나 가질 수 없는 것을 손에 쥔 그들처럼 내게도 짜릿하고 당당한 기운이 넘쳤다. 어느새 비행기를 타고 있는 내가 우쭐해 보이기까지 했다. 그러다 등골이 오싹하게 그날의 기억이 슬쩍 스쳤다.

거실에 동생과 나란히 둘러앉아 물끄러미 아버지를 쳐다보고 있던 그날. 그는 휘뚜루 짐을 싸더니 하얀 짐 가방을 들춰들고 계단에 올라 현관문을 열어젖히곤 말했다.

"버러지 같은 것들."

아버지가 무참히 쏘아버린 독침 같은 그 말은 점점 내 가슴에 퍼져 언저리를 괴사시켰다. 그토록 버거웠을 가장이라는 무게를 벗어던지고 등을 돌린 아버지의 뒷모습이 바라보던 비행기 유리창에 고스란히 비쳐 보였다.

아버지의 부재로 엄마는 줄곧 학비와 생활비를 마련하느라 모텔에 나갔다. 침구를 정리하고 객실을 청소했다. 일이 끝나면 심야 식당의 주방으로 향했다. 고무장갑을 끼고 6시간을 하염없이 서서 설거지를 했다. 다리가 끊어지는 고통이 와도 자식들을 위해 버티고 버텼다. 주점에 나가 과일을 썰었고 공항에 나가 바닥을 닦았다.

치킨을 튀겨 팔았고 돈가스도 튀겨 팔았다. 어느 식당의 주방에 들어가서 족발도 삶았다. 엄마는 막노동 빼고는 해보지 않은 일이 없었다.

엄마는 다른 사람들이 잠에서 깨어나 일어나는 시간에 겨우 일을 마치곤 집으로 들어왔다. 그제야 미루고 미뤄둔 잠을 청했다. 해가 중천에 뜨면 일어나서 끼니를 때우고 일터로 향했다. 그런 엄마에게 소풍을 가는 날과 학부모회가 열리는 날을 차마 알릴 수가 없었다. 우리에겐 먹고사는 것만큼 절실한 건 없었다.

잠자리에 든 엄마가 깰까 봐 아침마다 조용히 밥솥을 열고 밥을 펐다. 냉장고를 열어 김치나 멸치반찬을 꺼내 스스로 허기진 배를 채우고 나서 학교에 갔다.

김치조차 없는 날이면 밥에 물을 말고 후루룩 넘기는 맛으로 끼니를 때우곤 했다. 눈으로 보이지 않는 엄마의 고통은 어림잡아도 알 길이 없었다. 그럼에도 반찬투정을 할 수가 없었다.

중국에서의 끼니는 전과는 사뭇 달랐다. 대부분 학교 앞 저렴한 식당에서 훈둔이나 중국 요리를 사먹었고, 토스트 빵에 잼을 발라먹으며 여느 친구들과 다를 바 없는 식사를 했다.

가끔씩 한국에 남은 가족들의 빈곤한 매일이 걱정되기도 했다. 그것도 잠시, 정작 눈에 보이지 않으니 아무렇지 않게 머릿속을 스쳐 지나갔다. 먹고사는 것만이 절실했던 마음은 새로운 환경 탓에 정체도 없이 희미해져갔다. 나만 빠져나온 가난의 집은 점점 기억에서 사라져갔다.

북경 유학생의 신분은 꽤나 달콤했다. 사는 집도 누군가의 시선도 중요하지 않았다. 평범하게 학교를 다니고 공부를 하는 많은 외국인들 사이에 묻혀 지내는 것만큼 안정적인 건 없었다. 생김새가 다르고 국적이 다른 그들에겐 나의 형편 따위는 중요한 관심사가 아니었다. 그저 가치관과 태도만이 나를 결정짓는 잣대가 되었다. 편견 없는 시선은 나를 자유롭게 비상하게 했고 열등감 따위는 자연스럽게 퇴화되고 말았다.

이따금씩 나는 어느 거리에 서서 도시의 풍경과 길을 가는 사람을 관망했다.

생소한 공기를 듬뿍 들이마시며 곪았던 폐를 정화시켰고 공원에서 아침마다 역동적인 몸짓으로 체조를 하는 어르신들을 보며 삶의 무구한 기운을 얻었다. 고개를 들면 알아볼 수 없는 한자가 거리를 채워 휘황찬란한 빛을 품었고 그 거리로 자전거 떼가 우르르 몰려다녔다. 밀도가 높은 아파트가 하늘을 찌르듯 아슬아슬한 곡예를 선보였고 독특한 향이 풍기는 가게를 지나치다가 그들의 삶을 자연스레 읽었다.

식당 천장에 매달린 잘 구워진 밀랍인형 같던 오리들이 해체되는 현장을 바라보며 두 눈을 껌뻑이던 날도 있었다. 그러다 한 젓가락 집어 조심스럽게 입속에 넣자 그 맛에 감탄해 무릎을 탁 치기도 했다.

왕푸징 거리를 거닐 때면 줄지어 파는 전갈과 형체를 알 수 없는 벌레가 꼬치로 변모하여 나의 입속을 탐했다. 한동안 양 꼬치의 향신료에 푹 빠져 매일 밤 게걸스럽게 꼬치를 뜯으며 중국 음식에 흠뻑 매료되기도 했다. 그러는 동안 나와 마주친 중국인들은 이상하게도 토끼 눈을 하거나 고개를 돌려 다시 뒤돌기 일쑤였다. 부담스런 그들의 시선 탓에 몰래 손거울을 꺼내든 적은 많았다.

눈이 파란 외국인이면 모를까 중국인과 비슷한 얼굴에 머리색만 노란 여자가 찢어진 청바지를 입고 다니는 행색은 그들 눈에 여간 독특하지 않았다. 그러고 보니 주위를 둘러봐도 노란 머리는 오롯이 나 한 사람뿐이었다.

나는 수능이 끝나자마자 머리를 염색했다. 성인이 되면 가장 먼저 하고 싶었던 일이었다. 마치 성인이 되었다는 무언의 인증과도 같았다. 허나 집에서 처음 해본 시도는 역시나 시행착오를 겪었다. 적정 시간을 지키지 못해 머리는 노랗다 못해 하얗게 탈색이 되어 망친 꼴이 되었다. 그마저 좋았는지 허리춤에 다다른 노란 백발 머리를 길게 늘어트리고 잘도 다녔다. 중국에서는 그런 내가 신기하고 괴이할 법도 했다.

끊어지지 않는 굴레

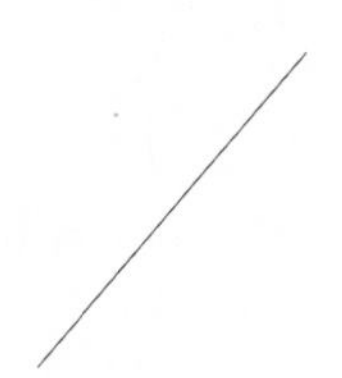

내가 다니던 학교는 중국의 스케일답게 어마어마한 크기의 캠퍼스를 갖추고 있었다. 정문에서 후문까지 가는 길이 머나먼 여정과 같았고 학교 안이 하나의 마을을 형성한 듯했다. 수업이 열리는 교실에는 본과 입학을 앞두거나 한국에서 어학연수를 왔던 대학생들로 주를 이뤘다. 한국인과 일본인이 많았고 태국과 호주, 브라질과 미국으로 구성된 다양한 국적의 구성원들로 이뤄졌다.

수업이 시작되던 첫날, 큼지막한 까만 뿔테 안경을 쓰고 하늘색 원피스를 입은 교수님이 교실로 들어오셨다. 선하고 인자한 인상을 풍기던 그녀는 자신의 이름을 칠판에 적어 소개를 한 뒤 수업을 시작했다. 한 달 간은 수업 내용을 거의 알아듣지 못했다. 그저 멍하니 교수님의 입만 뚫어져라 쳐다보다가 학교를 나서는 게 일과였다. 어느 날 누군가가 풀이 죽은 내 어깨를 툭툭 쳤다.

"안녕? 반가워."

갈색 머리를 머리띠로 고정하곤 큰 눈을 말똥거리는 한국인이었다.

우리는 그날 이후 둘도 없는 단짝이 되었다. 도피유학을 온 같은 처지를 이해하면서 막역하게 지냈다. 어학연수를 온 언니오빠들과의 괴리감에 애써 무덤덤하게 지내다가도 그녀와는 조금 특별한 동지애를 다지는 식이었다.

그런 그녀에겐 늘 그늘이 있었다. 한국에 있는 남자친구 때문에 눈물이 멎는 날이 거의 없었다.

스무 살의 나는 사랑이라는 의미가 그렇게 절실한 것인지 도통 이해가 되질 않았다. 애타게 사랑을 해본 적 없던 내가 그녀의 사랑이 이해되지 않는 건 당연했다.

어쨌거나 그녀는 나보다 훨씬 감정적으로 성숙했고 그런 감정에 충실하게 따라선지 행동도 굳세었다. 그녀는 금요일 수업이 끝나면 부랴부랴 짐을 싸고는 주말을 한국에서 보냈다가 월요일 새벽 다시 기숙사로 돌아왔다. 그렇게 한국과 중국을 오가며 끈질기게 사랑을 붙들었다.

한편으론 보고 싶을 때 언제라도 비행기를 타고 보러 갈 수 있는 그녀의 재정적 여유가 내심 부러웠다. 곱게 자라온 그녀의 얼굴엔 결핍이라곤 눈을 씻고 찾아봐도 없었다. 돈과 사랑에 관한 결핍은 그녀의 매끈한 인생과 거리가 멀었다. 함께 장을 보러 마트에 갈 때에도 그녀는 나와 달랐다. 가게 안을 돌고 돌아 꼭 필요한 물건의 가격표를 훑으며 고심하던 나에 비해 그녀의 손은 거침없이 마구잡이로 집어담기 바빴다. 그녀의 바구니에는 듬뿍 쌓인 간식과 다양한 생필품이 얼키설키 쌓여갔다. 그에 반해 뒤에 선 내 바구니엔 버터향 식빵 하나만 덩그러니 놓여 있었다.

학교의 후문 뒤편으로는 하얗게 벽을 칠한 건물에 작은 간판 하나가 걸려 있었다.

'宿舍' 나를 비롯한 여럿 유학생들이 모여 살던 기숙사였다. 입구에 들어서면 거무튀튀한 소파가 탁자를 중심으로 둥글게 놓여 있었고 길게 이어진 복도를 사이로 번호가 적힌 방들이 빼곡했다.

내가 살던 302호는 벽의 대부분이 커다란 창문으로 되어 있었고 더블 침대와 싱글 침대가 각각 책상을 끼고 있었다. 화장실을 마주한 벽에는 붙박이 옷장이 있었고 어림잡아도 방 하나가 열댓 평은 족히 되었다.

다행히 내 방의 룸메이트는 고정적이지 않았다. 어느 날은 일본인이 또 어느 날은 빨간 머리 학생이 며칠씩 머물다갔다. 침대 하나가 텅텅 비는 날이 훨씬 많았다. 자연스레 혼자 있는 시간이 많아지자 누워 있는 커다란 침대가 괜히 부대꼈다.

그럴 때면 국제전화 카드를 사가지고 와서는 가려진 뒷면의 코드 번호를 동전으로 삭삭 긁었다. 그리곤 조마조마한 마음을 억누르며 우리 집에 전화를 걸었다. 누구의 목소리든 수화기 너머로 들려오면 어찌나 반갑던지 금세 5분이 지나고 10분이 지났다. 한창 대화를 하다가 전화가 맥없이 끊긴 이후로는 빽빽이 적힌 수첩을 들고 시간체크를 하며 전화를 걸곤 했다.

어떤 날은 엄마의 목소리 톤이 높아 듣기에 가볍고 경쾌했다. 그러다가 힘에 부쳐 기운 없는 목소리가 내 귀를 울려대면 한없이 마음이 무거웠다. 엄마의 힘없는 목소리가 며칠간 이어지자 갈대같이 쓰러지는 마음을 붙잡고 싶어서 며칠간 한통의 전화도 하지 않았다. 행여나 힘들고 아픈 이야기가 새어 나올까 봐 결국 모든 새드앤딩이 나 때문일까 봐 어떻게든 외면하고 싶었다.

그간에 나는 괜한 몸을 혹사시키며 흔들리는 마음을 달랬다. 그날따라 밤하늘에는 유난히 크고 둥그런 달이 차올랐다. 달의 펄펄한 기운이라도 받았던 걸까. 무작정 옷을 챙겨 입고 천안문이나 보고 오자며 생각 없는 걸음을 내딛었다. 가로등이 켜진 큰 도로를 따라서 세상의 무서움보다 내 안의 무서움에 바들바들 떨면서 걷고 또 걸었다. 아무리 걸어도 보이지 않고 가도 가도 길은 끝이 나지 않았다. 그럴 것이 학교에서 천안문까지는 18km가 떨어진 걷기엔 너무나 먼 거리였다. 차라리 마음을 비워보기로 했다.

어차피 정해진 시간이 있는 것도 아니고 누군가 기다리고 있는 것도 아니니 조급할 게 없었다. 느릿느릿 걷다 보니 무거운 두 발에 비해 마음만은 가벼웠다. 천안문을 한 바퀴 휘두르고 넓디넓은 광장을 마주보며 긴 한숨을 내쉬었다. 보초를 서는 공안의 모자 사이로 파릇하게 어린 눈이 반짝였다. 그렇게 오전 5시가 훌쩍 넘어서야 기숙사에 다다랐다. 새벽부터 문을 연 학교 앞 식당에서 완탕 한 그릇을 먹어 치우곤 그대로 침대에 고꾸라졌다.

모래바람이 세차게 건물을 휩쓸던 황사 철이었다. 등교를 하다가 길을 멈추곤 간만에 맑게 개인 하늘을 보자 절로 웃음이 났다. 구름 한 점 없는 하늘은 고요한 바다와 같은 형상이었다. 그러다가 산보다 바다를 좋아하는 엄마가 생각났다. 괜스레 엄마가 보고 싶어지자 고민도 없이 북경역으로 향하는 버스를 탔다. 일사천리로 대련행 입석 기차표를 끊고 플랫폼에 섰다.

방황은 때론 새롭게 나를 창조했다. 익숙한 곳에서는 모래알 같다가도 낯선 곳에서는 바위가 되는 것처럼. 생소한 장소에서 느껴지는 묵직함은 외려 내 존재를 빛나게 했다. 무작정 떠나는 여행이 좋을 수밖에 없는 이유다.

대련으로 향하는 기차는 짐을 풀고 누울 수 있는 침대칸과 빼곡한 좌석 칸이 끝없이 이어졌다. 그 안은 발 디딜 틈 없이 많은 사람들로 가득 메워졌다. 나는 입석표를 손에 쥐고 객실을 빠져나와 열차와 열차 사이를 연결하는 브릿지 공간에 자리를 틀었다. 차창 너머로 흘러가는 경치가 눈이 부시게 아름다워 무릎에 턱을 괴고 한참이나 바라봤다. 그런 내 뒤로는 입석을 끊은 승객들이 하나둘 자리를 틀고 앉거나 철퍼덕 누웠다. 기차는 역마다 정차하는 바람에 왕복 13시간을 오갔다.

때문에 얼마 가지도 않아 멀미를 했고 땅을 밟아 보고 싶어 안달이 났다. 행여 잘못 타고 가는 건 아닌지 의심이 들 때마다 기찻길은 보란 듯이 굽이치며 요동했다.

그래선지 대련 땅을 밟자마자 가슴이 벅차올라 말을 잇지 못했다.

이미 바닷속으로 뛰어들어간 기분이었다. 드넓은 바다가 시야에 펼쳐지자 신발을 벗어던져 모래 위를 달렸다. 두 발은 물속에서 첨벙댔고 넘실대는 파도와 간질이는 물결 위로 한숨을 흘려보냈다. 내 안의 근심을 한 입에 삼켜버린 물살은 거칠다가도 이내 잔잔해졌다.

북경에 도착하자 선택의 여지는 사라지고 없었다. 그저 발이 이끄는 대로 상점에 들러 전화카드를 샀다. 뜨거운 무언가를 목구멍으로 꿀꺽 넘기고 나서 다이얼을 눌렀다.

길고 긴 통화 연결음이 이어졌고 여전히 갈라진 엄마의 목소리가 전화선을 타고 넘어왔다. 나는 기꺼이 서랍을 열어 한국행 오픈티켓을 꺼냈다. 아끼고 아끼던 물건을 아쉽게 꺼내놓는 심정처럼.

며칠 후 멀어지는 중국 땅을 하늘에서 바라보며 달콤한 잠에서 깨어났다. 깨어나고 보니 아쉬운 것도 지난한 것도 벅차고 진귀한 순간으로 점철되어 있었다. 어느새 숨이 턱하고 막히는 꾸덕꾸덕한 공기가 온몸을 감쌌다. 다시 돌아온 서울의 공기는 여전히 퍽퍽했다.

부딪히면서 깨닫는 것들

달랑 메일 한 통만 보냈다. 수신자는 필리핀 일로일로에 있는 어학원 대표였다. 가타부타 말도 없이 6월의 마지막 주 금요일 오후 2시에 도착예정이니 마중 나와 달라는 내용이었다. 덧붙여 현지 상황을 확인하고 어학원에 등록을 하겠다는 으름장도 놓고서 말이다. 수신자는 며칠 뒤 알겠다는 짧은 답변을 마지못해 보내왔다.

마닐라에 도착하자 경비행기로 갈아탔다. 필리핀의 하늘을 가로질러 시골마을에 착륙했다. 일로일로공항은 초록 식물이 무성하게 땅을 덮고 있었고 기계 하나 없이 사람의 손으로 승객들의 짐이 오르내렸다. 나는 뜨거운 뙤약볕 아래에 발을 딛고 마중 나온 사람들 속에서 얼굴도 모르는 대표를 찾았다. 그제야 아차 싶었다. 메일 한 통으로 무모한 도전을 부탁한 건 아닌지 괜스레 불안해졌다. 바짝 정신을 차리고 20kg의 짐 가방을 바닥에 끌고 다니며 택시를 찾았다. 공항 앞에는 무색할 정도로 녹음이 짙은 평야와 넋 잃은 개 한 마리만 보였다. 그 와중에 먼발치서 빠르게 걸어오는 한 사람에게 시선이 절로 갔다. 마침 그는 풀떼기가 엉성한 길을 가로질러 내게로 걸어오고 있었다.

한국인이었다. 혹시나 하는 순간 그가 먼저 말을 건넸다.

"메일 보내신 분 맞으시죠? 늦어서 죄송해요."

외딴 곳에 내던져진 마음이 그 덕분에 잠잠해졌다. 그를 따라 학원으로 향하면서 낯설지만 따뜻한 시작을 맞이했다.

영어 한번 제대로 해보겠다고 서울에서 아르바이트를 하며 비용을 마련했다.

내가 번 돈의 테두리 안에서 가능한 선택지를 골라보니 일로일로가 적지였다. 그곳은 필리핀 중부의 항만 도시로 개발의 손길이 채 닿지 않아 자연의 본태를 간직한 가치 있는 곳이었다.

나는 성인이 되고서 꽤 도전적이게 살았다. 그래선지 사람들의 발길이 뜸한 곳을 일부러 찾아다니곤 했다. 그것만큼 짜릿한 게 없었다. 낯설고 서투른 곳에서 느끼는 희열은 나를 살아 있게 했다. 그런 곳을 거닐 때야말로 진정한 살아있음을 느꼈다. 내 안의 용기와 자립은 서툰 걸음을 내딛을 때마다 한 뼘씩 성장했다. 그렇게 나는 단단한 어른이 되어가고 있었다.

그를 따라 학원에 도착했다. 번화가 사거리의 횡단보도 앞에 위치한 작은 단층 건물이었다. 칸칸이 여러 개의 교실로 이뤄져 있었고 필리피노와 한국인이 곳곳마다 어우러져 즐거운 대화를 나누고 있었다. 학원의 1:1 영어수업을 신청하고 숙소를 정하러 다시 차를 탔다. 거리의 풍경들이 아기자기하게 때 묻지 않은 싱그러움을 선사했다. 창밖의 사람들은 뜨겁고도 정겨운 시간을 보내고 있었다. 축 늘어진 소매 없는 옷 사이로 앙상함이 드러나도 순박한 웃음을 내보였다. 어느새 경계 문이 세워진 앞에 잠시 대기하자 경비원이 인사를 건네고 문이 열렸다. 허름한 시골과는 언뜻 어울리지 않는 화려함이 길 따라 곳곳에 묻어났다.

유럽식 건물로 예술이 가미되어 지어진 집들은 저마다 다양한 색의 지붕을 얹고서 줄지어졌다. 나는 분홍색깔의 지붕집 앞에 사뿐히 내렸다. 적당히 넓고 고풍스러운 2층 집이었다. 그를 따라 집 구석구석을 돌았다. 계단을 오르내리는 벽 사이로 작은 도마뱀들이 지나갔고 복도를 채운 화분들로 주위는 푸르렀다. 2층에는 두 개의 방이 1층에는 서너 개의 방과 주방이 마당을 마주하고 있었다. 매일 빨래를 해주고 아침마다 식사도 준비해준다고도 했다.

곧이어 내가 지낼 방을 안내받았다. 주방을 마주한 가장자리에 위치한 조용한 방이었다. 하얀 방문을 열자 넓게 탁 트인 공간에 침대와 책상 그리고 TV가 놓여 있었다. 문 옆으로는 붙박이장이 붙어 있고 창문에는 레이스 달린 커튼이 달려 있었다. 그때 열린 창틈으로 햇살이 드리워져 방안이 하얗게 물들여졌다. 노래하는 새소리와 바람에 나부끼는 나무가 창가의 프레임에 걸린 한 폭의 그림 같았다. 그 방에 커다란 짐을 풀고 마음을 놓자 내일의 시작이 뒤설레기 시작했다.

다음 날 나는 소피아라고 불리는 영어선생님을 만났다. 그녀는 왜

소한 체격을 가졌으나 꽤 다부졌다. 거침없이 교실로 들어와 악수를 청하고 자기소개를 했다. 언제든 도움이 필요하면 해결해주겠다며 내 어깨를 쓰다듬었다. 그녀는 늘 깔끔하게 머리를 한 갈래로 묶었다. 옷감 사이로는 짙은 비누 향이 풍겼다. 2평 남짓한 교실에 퍼진 그 향은 우리의 시간에도 배어 매일이 향기로웠다. 우리는 하루에 4시간씩 영어를 공부했다. 늘 활기찬 그녀의 표정으로 덩달아 내 얼굴에도 자주 미소가 찾아왔다.

두 번째 수업이 시작되자마자 소피아는 내게 어울릴 만한 영어이름을 지어왔다며 줄이 쳐진 공책에 정성스레 이름을 썼다. 그때부터 나는 Cecile로 불렸다.

수업이 시작되고 한참이나 지난 후에 그녀의 나이를 조심스레 물었다. 놀랍게도 나와 같이 스물세 살을 보내고 있는 동갑내기였다.

소피아에겐 어린 딸이 있었다. 이제 만 2살이 되었다며 아이의 사진을 지갑에서 신나게 꺼내보였다. 그녀를 닮은 귀엽고 앳된 딸의 얼굴을 보자 나 또한 절로 미소가 지어졌다.

한국에서 살았다면 스물세 살은 나처럼 공부를 하거나 직장을 다녀야 할 나이였다. 때문에 그녀가 어린 딸을 키우는 엄마라는 사실을 알고 다소 놀라웠다.

소피아는 한 집안의 가장이었다. 그녀의 남편은 돈을 벌기 위해 마닐라로 떠났다고 했다. 1년이 지나도 돌아오고 있지 않다며 쓰라린 말을 애써 담담한 척 내뱉었다.

대학을 다니며 선생님의 꿈을 키웠던 그녀에게 불쑥 아이가 생겼고 학업을 그만두면서 인생의 꿈도 함께 버려야만 했다. 그런데도 아이를 가진 축복이 선생님의 꿈보다 컸다면서 환한 웃음을 지어보였다. 아이가 태어나자 그녀의 삶의 희망은 더욱 확고해진 듯 했다. 자신의 인생이 엄마라는 이름으로 축약되고 단순해졌음에도 불구하고 그런 삶도 충분히 아름답다고 전했다. 학원에서 일을 하고 번 돈으로 아이를 부족하지 않게 키울 수 있어서 좋았고 일을 마치면 자신을 반겨주는 아이가 있어서 매일이 행복하다고 말했다. 또한 그녀는 나를 한마디로 정의했다. 한국에서 사는 것과 언제라도 공부를 할 수 있는 여건 그리고 미래의 기회가 가득한 것만으로도 마땅히 행복한 사람이라고.

그녀의 말마따나 내가 행복한 사람이라니, 그녀의 눈을 통해서 나를 바라보니 충분히 그럴 만도 했다. 행복에 겨워 살면서 아프다고 힘들다고 징징거렸던 지난날이 무척이나 부끄러웠다.

소피아는 아이를 위해 자신의 인생 전부를 걸었다. 온전한 그녀만의 삶을 아이에게 몽땅 내어주는 게 진정한 행복이라고 정의했다.

미혼이었던 나는 그녀의 일방적인 결심이 이해되지 않았다. 거짓말로 행복을 꾸미고 있는 건 아닌지 의심이 들기도 했다. 희생하며 옭아매인 삶이 결코 행복에 겨울 수 없다고 속으로 콧방귀를 꼈다.

나는 결혼할 때까지도 엄마라는 삶을 동경하지 않았다. 깜깜한 어둠에 휩싸인 그저 알고 싶지도 않은 동굴 같은 삶이라고 생각했다. 그러던 내가 한 아이의 엄마가 되었다. 몸이 찢어지는 고통을 느끼며 내 아이를 맞았다. 탄생의 기쁨도 잠시 기본적인 생활권을 아이에게 모조리 박탈당한 채 버거운 삶을 이어갔다. 그러는 사이 놀랍게도 내 안의 사랑과 희망이 점점 커져만 갔다. 매일 밤 아이는 내 귀를 간질이며 말한다.

"엄마, 사랑해."

상상해본 적 없는 웃음이 내 안에서 싹텄고 기대하지 않던 미래가 내게 다가왔다. 어느새 내 아이를 위해 더 좋은 사람이 되겠다는 일생의 원대한 목표도 생겼다. 지난날 소피아가 누렸던 행복도 바로 이런 것이 아니었을까.

시드니의 꿈

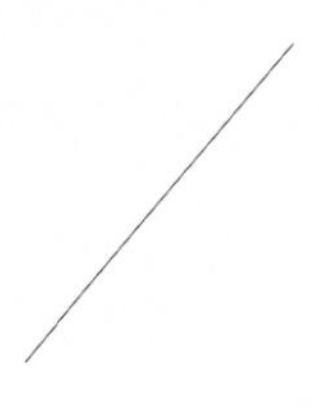

스물다섯 살, 워킹할리데이 비자로 호주 시드니에 발을 내딛었다. 그곳엔 사방으로 화려한 간판이 질서 있게 거리를 수놓고 있었다. 그런 도시의 불빛 아래로 자유롭게 웃고 거니는 외국인이 가장 먼저 시야에 들어왔다. 그들처럼 거리를 걷는 내 모습이 쇼윈도에 비춰보이자 피식 웃음이 새었다. 큰 도로를 따라 거닐다가 경사진 비탈길 밑으로 붉은 입간판 하나가 반짝였다. 나는 여행자 단기 숙소인 BACKPACKER 안으로 이끌리듯 걸어 들어갔다. 그곳은 배낭을 지고 온 다양한 국적의 여행객들로 발 디딜 틈이 없었다. 투숙객들은 등짐을 하나씩 들춰 메고 시드니의 구석구석을 탐사라도 하는 듯 정열적인 에너지를 풍겨댔다. 그런 그들과 도미토리에 함께 묵으며 시드니의 밤을 보냈고 눈을 뜨면 공동 주방에서 빵을 나눠 먹었다. 누구든지 반갑게 아침인사를 나누며 저마다 인생의 빛깔을 스스럼없이 펼쳐냈다. 그저 휴양을 하거나 잉여 시간을 보내려는 여행자는 없었다. 주어진 시간 동안 스스로에게 도전장을 내밀며 존재의 가치를 찾느라 바빴다. 나 또한 눈부신 추억은 고사하더라도 이십대의 중반부를 허투루 보낼 수가 없었다. 내가 설 자리를 정하고 단단히 못질을 해야지만 남아 있는 20대를 안녕히 보낼 수 있을 것 같았다. 그래선지 낯선 땅에서조차 나의 본질을 찾는 발버둥은 계속되었다. 그 때문에 단단한 20대를 보냈고 꿈꾸는 30대를 맞이했다.

나는 며칠 전, 두 날개가 활짝 펼쳐진 학을 접고 싶다는 아이를 위해 오랜만에 색종이를 집어 들었다. 이십 년이 훨씬 지났어도 내 손은 학을 접는 방법을 기억하고 있었다. 여러 개의 선을 접는 능숙한 손놀림이 시작되자 아이는 토끼 눈을 하고서 시선을 떼지 못했다.

그럼에도 오래간만인지 종이는 잘못 접혀지기 일쑤였다. 다시 되돌려 선을 접고 또 접었지만 이미 접힌 선은 결코 사라지지 않았다.

종이접기는 난이도가 높을수록 그물망 같은 여러 개의 접기 선이 더 많이 필요했다. 밑바탕에 촘촘한 선이 얽혀 있어야 정교하고 다양한 모양을 쉽게 만들 수 있기 때문이다. 내가 지나온 시간에도 종이처럼 실수로 접혀 사라지지 않는 선은 셀 수없이 많았다. 그럼에도 여러 가닥의 원치 않는 선이 생기는 게 더는 두렵지 않았다. 내 삶이 무수한 방황으로 점철되는 건 난이도 상을 향해 나아가고 있다는 반증일 테니 말이다.

나는 조금씩 호주 생활을 적응해갔다. 코가 높고 머리가 노란 외국인들이 에스프레소를 음미하며 대화를 나누는 모습에도 익숙해져갔다. 가끔씩 여행객들과 식탁에 둘러앉아 아침을 먹으며 꿈을 논했고 불안한 미래를 공감했다. 그들은 잠깐의 시간여행자가 되어 나를 광활한 세계로 넘나들게 했다. 때때로 영문으로 작성한 이력서를 품에 안고 시드니 번화가로 길을 나서기도 했다. 거리를 돌다가 쇼윈도 창문에 작은 글씨로 'wanted'가 보이면 다짜고짜 문을 열고 들어갔다. 이력서를 내밀고 열심히 하겠다는 각오를 전하며 수줍게 가게 밖을 나오곤 했다. 이렇게 하기까지 시행착오도 많았다. 처음에는 한참을 가게 안에서 쭈뼛대다가 이력서도 내밀지 못하고 돌아왔다. 붉으락푸르락 얼굴부터 달아오르자 부끄러움을 숨기려고 괜한 물건만 집어들기도 했다. 몇 번의 시도를 하고 나서야 문을 여는 손아귀의 힘이 세지고 대화의 힘도 점점 단단해졌다.

나는 그렇게 총 일곱 장의 이력서를 건넸다. 3일이 지나서야 그 중 한 곳에서 반가운 합격소식을 알렸다. 내게 연락을 준 곳은 스시 테이크아웃 전문점이었다. 50대 한국인 사장님이 운영하던 그곳은 시드니 직장인들의 방앗간 같은 곳이었다. 8평 남짓한 좁은 가게였는데 수시로 포장해서 들고 가는 직장인들로 쉴 틈이 없었다. 나는 판매직을 맡아 손님이 주문한 메뉴를 포장용기에 담아 계산하는 일을 반복했다. 판매매출이 높은 날엔 기분 좋은 사장님이 스시를 한 보따리 포장해서 퇴근하는 내 손에 냉큼 쥐어줬다. 돈도 벌면서 배도 채우니 일을 마치고 돌아가는 길은 부자라도 된 듯 풍요로웠다.

나는 일을 하면서도 틈틈이 영어학원에 다녔다. 같은 반에는 인도와 태국 그리고 브라질에서 온 외국인들이 있었고 그들의 눈빛은 날마다 투명하게 반짝였다.

인도에서 왔다는 니콜은 나보다 한 살 많은 언니였다. 그녀도 워킹홀리데이 비자로 시드니에 왔고 틈틈이 돈을 벌면서 영어를 공부했다.

그녀에겐 바람이 하나 있었다. 서류가방을 들고 당당히 시드니의 거리를 활보하는 커리어우먼을 꿈꿨다. 니콜은 자신의 고향 이야기가 오갈 때마다 시무룩했다. 인도로 돌아가면 서둘러 결혼을 해야 한다면서 엄마와 아내의 삶은 자신이 추구하는 이상과 다르다고 울상을 지었다. 자신을 우뚝 세우고 커리어를 좇는 행복이야말로 가치 있게 느껴진다고도 했다. 얼마 후 그녀는 꿈을 현실로 만들기 위한 방법을 찾아냈다.

영주권 신청이 가능했던 직업군을 찾아서 영어 시험을 준비했고 치열한 삶을 선택했다. 잠자는 시간을 제하고 반나절은 일을 하며 돈을 벌었고, 반나절은 영어를 공부하며 꿈을 벌었다. 학원에서 만나 이야기를 나눌 때면 그녀 덕분에 더 열심히 살아야겠다는 의지가 샘솟곤 했다. 시드니에서 스쳐간 인연들은 저마다 꿈을 향해 나아갔다. 누군가는 미용사가 되어보겠다고 미용기술을 배웠고, 또 누군가는 타일공이 되고 싶다고 기술을 연마했다. 음식점을 운영하고 싶다며 식당에 들어가 요리를 배웠고 이민법을 공부하고자 법학 전공을 꿈꾸는 사람도 있었다. 누구든지 간에 영어를 잘해보겠다는 꿈이 연장되고 나니 삶의 길목에서 또 다른 길을 펼쳐냈다. 밤하늘의 보름

달만 보겠다고 한들 아기자기하게 하늘을 수놓은 별을 아무렇지 않게 지나칠 수가 있을까. 나조차 시드니의 달보다 주위의 별들이 유난히도 반짝거리는 것을 숱하게 보았다. 어느 곳에서 어떻게 숨을 쉬든 삶은 그러했다.

몸을 움직여 낯선 길로 들어서야 비로소 동공이 열리고 시야가 가득해졌다. 그리하면 가장 원하고 필요한 것을 쉬이 찾고 얻을 수 있었다. 제자리에서 쉽게 보이는 것들로 구색만 갖춘 인생이 제아무리 닦아도 빛이 나지 않는 건 당연한 것이다.

마카오의 방황

29살의 방랑기를 마카오의 방황이라 적고 펜촉을 굴렸다. 19살, 29살이 그랬듯 나이의 과도기마다 나는 종종 흔들렸다. 앞자리 수가 바뀌려는 인생의 시기엔 늘 겁부터 났다. 그럴 것이 십 년마다 변하는 나이의 앞머리를 따라 강산은 변해가도 나만 제자리인 것 같았다. 다가오는 숫자에 기겁하고 반기를 들 만했다. 때문에 29살에 머물렀던 마카오의 잔상은 잿빛에 가까웠다. 현란한 빛이 뿜어져 나와 허공을 갖가지 색으로 물들어 버리는 화려함의 도시를 이렇게밖에 표현할 수 없다니 애잔함을 이루 말할 수 없다. 그때의 어지러운 마음을 타자 위에 꺼내 두드려보기로 했다.

"또 죽었네. 벌써 몇 번째야."

마카오에 머물러 있으면서 귓등을 매섭게 스쳐간 단어가 있었다.

바로 죽음이다. 향락에 빠져 전 재산을 탕진하자 삶의 희망을 무참히 끊어내버린 누군가의 소식은 싱그럽던 아침을 싸늘하게 짓밟곤 했다.

한탕주의의 달콤한 이면을 뒤집어본 이들은 저마다 극한의 공포에 질린 채 마카오를 떠났다. 그곳은 생존과 죽음 그리고 기회와 절망이 톱니바퀴 구르듯 맞물려 돌아가는 곳이었다.

도박에 삶의 희망을 전부 내걸고 갯벌에 잠기듯 무한한 구렁으로 빨려 들어가는 아버지를 어린 눈으로 지켜본 적이 있었다. 한때 그런 아버지를 꺼내보고자 발목을 잡고 흔들어 사정해보았다. 그럼에도 한번 빠진 발은 걷잡을 수 없이 깊은 곳으로 사라져갔다. 영혼마저 도박판에 빼앗겨버린 아버지와 같은 눈빛의 사람들을 마카오 거리를 거닐면서 숱하게 마주쳤다. 일확천금을 바라는 방탕한 냄새가 어디선가 풍겨 나오면 나는 잽싸게 몸을 돌렸다. 다시금 어린 날의 기억이 소환되는 게 끔찍이도 싫었다.

나는 마카오에서 사업을 하는 지인의 집에 머물면서 몇몇의 재외자를 만나 인사를 나눴다. 마카오에서 10년째 산다는 어느 부부와 식사하는 자리도 자주 가졌다. 어느 날 파란만장한 그들의 타지생활을 듣다가 문득 질문 하나가 나를 향했다.

"음지에서 사는 기분이 어때요?"

그녀는 마카오를 음지로 빗대고는 애환 섞인 대화를 이어갔다.

"겉만 보고는 알 수 없어요. 이곳이 양지인지 음지인지. 며칠 지내보면 조금씩 보이지 않나요? 음지로 모여드는 사람들이요. 그들만 봐도 알 수 있어요. 저마다 어두운 그림자를 몰고 다니죠. 그 그림자에 가려져 햇빛도 불빛도 거리에 새나오지 않아요."

그날 저녁 그 말을 곱씹으며 발길에 채인 내 그림자를 마주했다.

그러자 두 발이 얼음장같이 차가워지고 말았다.

마카오에 오기 전 나는 간절했던 직장을 종이 한 장으로 날려 보냈다. 그리곤 영원할 것 같은 사랑은 태풍을 맞아 처참히 무너져버렸다. 살던 집의 월세도 충당하지 못해 백기를 들자 가혹한 현실을 내동댕이치고 싶었다. 그렇게 3월의 봄바람이 살랑거리기도 전에 마카오로 향했다. 한국에 돌아가는 날 같은 건 기약이 없었다.

어두운 그림자가 따라다니는 건 비단 도박에 빠진 사람만이 아니었다. 현실에 고립되어 목표도 없이 인생을 방관하는 내게도 어두운 그림자가 드리워졌다.

애써서 얻은 것들은 오래토록 고달팠지만 금세 달아났다. 직업이 그랬고 사랑이 그랬고 돈이 그랬다. 그 시절 나는 멋들어진 명함에 자부심을 한껏 실었다. 또 사랑에 나의 미래를 담보했고 돈에 얄팍한 자존심을 얹었다. 애써 얻은 것들은 29살의 내게서 한날 재도 없이 소산되고 말았다.

나는 불안정했고 불완전하기만 했다. 30살을 맞으면 미혼의 굴레가 나를 짓눌러버릴까 봐 겁에 질렸고 재취업의 벽은 높기만 했다. 아등바등 살았던 지난날이 헛수고였다며 처량한 마음으로 마카오의 음지를 향해 걸어 들어갔다.

그러던 어느 날이었다. 멀찌감치 바라보기만 한 사방이 황금색이던 호텔 앞을 지나쳤다. 가까이에 서 있자 그 웅장함에 입이 다물어지지 않았다. 거대하고 화려한 그 안은 얼마나 찬란히 빛날까 막연한 물음을 안고 곧장 호텔 로비로 들어갔다. 값비싼 물건이 진열되어 있는 쇼윈도가 줄지어 있었고 그 문으로 오가는 사람들은 저마다 어깨에 쇼핑백을 훈장처럼 들고 다녔다. 쇼윈도 안의 어마어마한 금액에 눈이 휘둥그레져서는 가게 문을 열어젖힐 만한 한 치의 넉살조차 생기지 않았다. 한 발 한 발 계단을 따라 아래로 내려갔다. 마치 다른 세계가 연결되는 듯 투박한 문을 조심스레 열자 두 눈은 지하에 처박혀 갈 곳을 잃고 말았다. 흰 복도를 사이에 두고 양 옆으로 키가 큰 여자들이 왜 그렇게 줄지어 있는지 또 우두커니 서서 지나가는 사람을 뚫어지게 쳐다보는지 어리둥절하기만 했다. 그들은 평범하지 않은 독특한 상의나 하의를 걸치곤 흐리멍덩한 초점으로 의무적으로 움직임을 주시했다. 순간 내가 지나다닐 곳이 아니라는 느낌에 애먼 두 발을 탓하며 서둘러 출구를 찾았다. 마카오의 낮과 밤은 절묘하게 고개를 돌리며 두 시공간을 아슬아슬하게 넘나들고 있었다.

누군가는 한 번의 실수로 삶과 죽음의 기로에 섰고 또 누군가는 평생을 음지에 몸을 가두곤 빠져나오지 못했다. 인생의 문제가 명함과 사랑으로만 귀결되는 것이 아니란 걸 확인하고 나서야 내 안의 음지를 걷어내려 애쓰지 않았다. 보고 듣고 느끼는 시간들은 때론 엇나간 생각의 결을 다듬어주기도 했다. 그러자 어느샌가 내 안의 양지가 어떤 모습을 하고 있는지 궁금해졌다. 나는 음지를 품에 안고서 그의 등을 어루만졌다. 따스한 양지의 촉감이었다. 한국을 떠나자마자 전원을 꺼버린 휴대폰을 켰다. 수많은 메시지 사이에서 사랑하는 이름이 초롱하게 빛났다.

반년 전, 태풍이 휩쓸고 간 곳을 지나간 적이 있었다. 거리마다 뿌리가 완전히 뽑힌 나무가 나뒹굴었고 잘라진 나뭇가지들이 정처 없이 사방에 흩어져 있었다. 떨어진 잎들은 울부짖을 틈도 없이 더미로 쌓여서는 쓰레기차에 실려 갔다. 모질게도 세찼던 태풍의 잔해는 처참하기만 했다.

얼마 전 나는 다시 그곳을 지나쳤다. 뿌리가 뽑힌 나무가 다시 심어져서는 단단히 자리를 틀었고 잘라진 가지 사이사이에 푸르른 새싹이 돋아났다. 남아 있는 잎들은 햇빛을 단단히 머금어 더 넓고 크게 자라 있었다.

태풍은 진종일 한자리에 머물러 있지 않았다. 아무리 강하더라도 한 번에 모든 걸 집어 삼키지 못했다. 휩쓸고 간 자리에도 빛은 들었고 싹은 자랐다. 고약한 흔들림에도 생명은 온전한 제 모습을 찾아 다시 지속되었다.

마찬가지로 나의 사랑도 태풍을 맞았다. 집안의 반대로 뿌리가 흔들거리더니 결국 뿌리째 뽑혀서는 길바닥에 나뒹굴었다. 우리의 사랑은 맑고 순수한 결정체들로 이루어진 유리처럼 늘 반짝였다. 편견으로 뭉쳐진 폭풍우가 덮쳐오기 전까지는 그랬다. 거센 물살로 사랑은 금세 물을 먹고 제 모양을 잃었다. 그렇게 쉽게 아스러질 줄은 몰랐다.

사랑만 무너진 게 아니었다. 내 마음이 무너졌고 그와 꿈꾸던 미래가 먼지처럼 부서졌다. 그의 집안은 나의 직업을 싫어했다. 어디 직업뿐이겠는가. 이혼 가정의 곧은 성장도 극구 부정했다. 모두가 나를 좋아하지 않아도 괜찮다고 생각했다. 그러나 나를 꼭 좋아해주길 바랐던 이들에게 내 존재가 거부당하자 말도 못하게 참혹했다. 깨져버린 사랑은 날카로운 흉기가 되어 사랑하는 사람을 구석에 몰아넣었다. 그러다 그 조각 틈새로 처참하게 무너진 내 모습을 보았다.

나는 마카오에서 많은 사람들의 상처와 아픔 그리고 슬픔을 만났다. 그곳에서 절박하게 삶을 구걸하는 고통보다 더한 불행은 없어보였다.

나도 그들과 별반 다르지 않았다. 인정받길 바라는 욕심과 독단 때문에 절박하게 나를 구걸하느라 고통스러운 시간을 보내고 있었다. 스스로 자처한 불행이었다. 원망을 멈추는 건 동전 한 닢이 뒤집어지는 것만큼이나 쉬웠다. 더는 어느 누구도 비난할 수가 없었다.

홀로 남은 시간 동안 나는 점점 제 모습을 추슬렀다. 다시금 애정의 싹은 돋아났고 같은 양지를 바라보다가 우리는 다시 마주했다.

Chapter 5

경험

문득 양치를 하다가 거울을 가만히 들여다봤다. 헝클어져 부스스한 머리와 반쯤 뜨다만 두 눈동자, 까만 좁쌀 같은 모공이 흩뿌려진 칙칙한 피부, 쇄골이 앙상하게 드러난 늘어진 티셔츠. 어느새 나도 아줌마가 다 되었다. 하는 일이 라곤 애 키우고 밥하고 빨래하고 밥상 차리는 집안일이 전부다. 가끔 남편 심부름을 해주거나 은행 업무를 보거나 동사무소와 관리사무소를 들리는 외부 업무도 있다. 성과를 내는 발전적인 일이 아니다 보니 때론 쳇바퀴 같은 내 삶이 야속했다. 그럴 때마다 지나온 발자취를 하나씩 곱씹어봤다. 돌이켜보니 내가 지나온 길은 꼬불꼬불하거나 깊은 웅덩이가 파여 있었다. 걸음마다 돌부리에 걸려 넘어지는 일은 허다했다. 때문에 두 발은 거칠어져 단단히 굳은살이 박혔다. 오늘도 나는 그 발로 걷는다. 걸어가는 길 위로 선명한 발자국이 뜨끈하게 땅을 데운다. 기어이 한 발 나가려는 그 애씀이 소중하고 귀하기만 하다.

부족함이 재주

일단 한 대 얻어맞고 링 위에 선 자는 한 대도 맞지 않겠다고 웅크린 자보다 움직임이 훨씬 자유롭다. 나는 이혼 가정과 편모 그리고 가난의 세 대 어퍼컷을 얻어맞은 채 사회라는 링 위에 발을 내딛었다. 그곳에서 여기저기 주먹이 오가고 생각지도 못한 곳을 강타당하는 날은 많았다. 몇 번 맞아봤다고 그 정도 한 방쯤은 금세 추슬러졌다. 그런 자세는 열일곱 가지 직업을 오갔던 진취력으로 응집되어 성장과 발전으로 나아갔다.

21살이던 나는 우연한 기회로 걸그룹의 연습생이 되었다. 여성 6인조 그룹을 기획하려는 기획사 대표는 엄마와 만나 이런저런 이야기를 나눴다. 속전속결로 캐스팅이 된 다음날 간단한 짐을 싸서 잠원동의 숙소로 들어갔다. 숙소엔 다섯 명의 예쁘장한 멤버들이 마지막으로 팀에 합류한 나를 신기한 듯 바라보며 견제했다.

춤과 노래에 서툰 나는 하루 12시간의 고된 훈련에 돌입했다. 오전 8시부터 압구정의 댄스학원에서 안무를 익혔고 여의도로 넘어가 해가 질 때까지 혹독한 보컬트레이닝을 받았다. 앞선 몇 달 동안 안무와 노래연습으로 다져진 멤버들을 따라가기엔 역부족이었다.

유연하지 못한 몸은 군무를 흐트러트렸고 한정된 음역대로 짧은 파트만 주어졌다. 더 많은 땀을 흘리고 소리를 내질러도 실력은 좀체 나아지지 않았다. 그러자 다른 멤버들의 수고에 행여 짐이 되는 건 아닌지 자격지심마저 들었다. 부담감은 커지고 자존감이 바닥을 치자 내 안의 가능성을 의심하기 시작했다. 나 같은 사람이 화려한 스포트라이트를 받아도 될까 하는 의심에 휩싸였다.

2002월드컵이 한창 열리던 그해 첫 앨범이 나왔다. 그렇지만 그 안에 나는 없었다. 데뷔를 코앞에 두고 결국 기권 패를 던졌던 나는 오랜 책망의 시간을 견뎌야만 했다. 사회 초년생의 시절엔 잘 걷다가도 간혹 돌부리에 넘어져 주저앉을 때가 여럿 있었다.

단단히 여물지 않은 자아는 자주 흔들렸다. 용기가 자만이 되거나 겸손이 자학이 되는 날도 많았다. 그래선지 타인과 비교의 잣대를 들이대는 게 일과였다. 결국 내 몫을 쥐고 있으면서도 도로 손을 펴서 놓아버리는 일은 허다했다.

완벽하게 행하지 않은 일에는 미련이란 응어리가 자라났다.

생각 언저리에 끈질기게 달라붙어서는 원래부터 내 것인 양 으스댔다.

미련은 때론 꿈의 탈을 쓰고 찾아오기도 했는데 그런 꿈은 현실이 되자마자 힘을 잃었다. 꿈을 이뤘다고 생각했는데 여전히 내면은 헛헛하고 무기력하기만 했다. 진짜 꿈과 헛된 꿈을 분간하려면 되던 안

되던 일단 죽을힘을 다해 부딪혀야만 했다.

"책 읽어요? 현장감 좀 살려서 말하라고요."

"죄송합니다. 다시 하겠습니다."

나는 현장에 나가 기업을 소개하는 리포터로 일했다. 스스럼없이 부족함을 숨기지 않고 사회로 첫걸음을 뗐다. 촬영을 하면서도 부족한 실력 탓에 하루에도 수십 번의 죄송함을 전해야만 했다. 때때로 나와 함께 일하던 피디는 실력이 출중한 어느 리포터를 언급하며 씁쓸한 여운을 건네기도 했다. 나는 그럴 때마다 한껏 입꼬리를 치켜올리곤 당당하게 말했다.

"죄송합니다. 앞으로 더 잘하겠습니다."

부족함을 인정하면 누구도 나의 용기를 함부로 짓밟지 않았다. 오히려 발전하고 기대할 만한 사람처럼 그렇게 나를 대했다. 방송경험이 쌓이자 성취감도 커져 갔다. 자연스레 손을 뻗어 더 크고 높은 곳으로 도약하고 싶어졌다. 단발성보다는 장기적인 소속감을 찾고 싶어서 이직의 문을 두드렸다. 그러다 자주 상심하며 절망했다. 방송가의 정규직은 하늘의 별처럼 유난히 멀게만 느껴졌다.

그러던 어느 날 케이블 방송국에서 신생 프로그램의 정규직 아나운서를 공개모집했다. 아나운서라는 묵직한 타이틀이 버겁기도 했지만 정규직이라는 조건에 온몸이 찌릿했다. 그 순간 또다시 쓸데없는 자학이 스멀스멀 달라붙었다. 이번엔 기필코 스스로에게 무릎 꿇고 싶지는 않았는지 행동이 전보다 과감해졌다. 그제야 알았다. 손을 뻗어 잡히는 별도 있다는 것을.

백화점의 지하 주차장에서 맞았던 한철의 여름은 지독히도 뜨거웠다. 그럴 것이 나태해진 몸을 일으키려고 주차요원이 되어 분주히 지하를 내달렸다.

미로 같은 주차장 내부를 뛰어다니며 차를 정렬했고 일렬 주차된 차를 앞뒤로 밀며 괴력을 발산했다. 일의 고단함 때문인지 남자만 가득했던 일터에서 유일한 홍일점으로 지냈다. 또래의 남자친구 여섯 명과 땀 흘려가며 한 달을 보내고 나니 여느 우정 못지않은 끈끈한 전우애도 생겼다. 우리는 고단한 몸을 이끌고 신천의 골목길에 있는 허름한 포장마차에서 시원한 맥주 한 잔씩 걸치며 젊음의 열기를 식혔다. 찜통 같은 지하 공간에서 뛰어다니느라 핼쑥해졌어도 그들과 웃고 떠들며 땀 흘린 청춘이 가끔씩 그리울 때가 있다.

주차장에서 일하다 보면 간혹 같은 공간에서 다른 유니폼을 입은 근무자를 만나기도 했다. 제자리에서 현란한 손짓으로 수신호를 하며 멘트를 하는 도우미였다. 정돈된 유니폼을 입은 그들에게 자꾸 시선이 가자 주차관리팀이 있는 사무실로 대뜸 찾아갔다. 모자를 푹 눌러쓰고 운동화 끈이 풀린 채 주차장 바닥을 내달렸던 나는 얼마 뒤 펄럭이는 치마에 또각또각 구두를 신었다. 그렇게 두 발 대신 입과 팔을 열심히 움직이며 신나게 일했다.

한창 고객 서비스 교육을 받을 때였다. 흐트러짐 하나 없이 말끔한 차림새의 강사가 교육장의 문을 열고 들어왔다. 반듯하고 세련된

신여성을 마주하자 신기한 듯 바라봤다. 미생의 나와는 분위기조차 달랐다. 정돈된 몸가짐과 언행 그리고 무엇보다 범접할 수 없는 성숙함이 마냥 부러웠다. 승무원 출신이라는 그녀에겐 상냥한 분위기도 마구 흘러넘쳤다. 그러자 나는 승무원이라는 직업에 문득 호기심이 생기기 시작했다. 훗날 그녀와 같은 친절한 미소를 비행기에서 전하게 될 줄이야. 가만 보면 보잘것없는 경험치일지라도 씨앗이 자라듯 경험도 성장했다.

보이지 않을 뿐 나는 경험에 손을 뻗어 작은 희망을 가져왔다. 날려버릴 게 대부분이겠지만 관심이란 물과 노력이란 빛을 비추다 보니 울창하게 자라났다. 무성히 자란 희망이 건넨 그늘 아래는 꽤나 시원하고 달콤했다.

성장은 모든 게 충분히 갖춰진 사람에게는 가까이 다가오지 않았다. 결핍을 찾아 두리번거리는 성장을 붙들려면 내 안의 부족함을 일단 받아들여야 했다. 창피하고 외면하고 싶은 결핍을 마주해야 비로소 성장이 찾아왔다. 요즘은 어플도 수시로 업데이트를 한다. 기능적인 면에서 부족한 부분을 보완하기 위한 자연적인 현상이다. 사람도 마찬가지다. 부족한 부분을 알지 못한다면 보완할 일이 없고 업데이트도 필요하지 않다. 구닥다리 어플처럼 머지않아 유저들에게 외면받고 사장될 뿐이다.

기자와 아나운서

휘갈겨 써놓은 수첩을 들여다보며 하얀 화면을 펼쳤다. 안경테가 시야를 가릴 만큼 콧등에 철썩 주저앉았다. 그럼에도 키보드 위의 두 손은 자판 위를 떠날 줄 몰랐다. 기사를 마감하는 날의 어김없는 모양새였다.

나는 뉴스를 진행하는 공채에 합격해 1기 아나운서가 되었다.

생방송이 아닌 녹화방송으로 방영되는 탓에 촬영이 없는 날이면 자회사인 신문사 기자가 되어 양 직을 오갔다.

한때 걸그룹 연습생이던 내가 프레스증을 목에 단 연예부 기자가 되다니, 누구보다도 감회가 남달랐다. 나는 연예계의 업데이트에 발 빠르게 감응해야만 했다. 시시각각 변하는 그들의 세상은 내가 사는 곳보다 단연코 격동했다. 드라마나 영화 간담회, 시사회, 앨범 발매, 인터뷰 등 기자와 연예인 간에는 접점도 많았다. 나는 그때마다 연예인을 응시하며 껌뻑이는 커서에 살을 채웠다. 그들에게 보이지 않는 옷을 입히는 작업은 설레면서도 무거운 일이었다.

그렇게 써내려간 글에는 서운함이 실린 날도 더러 있었다.

시간에 쫓긴 인터뷰 탓에 '네, 아니오'로만 점철된 답변을 받아 적을 때가 그러했고, 부재를 대신한 지면 인터뷰도 그러했다. 그런 날엔 지우고 쓰기를 반복하다가 이내 자리를 벅차고 머리를 털었다. 감정도 털고 생각도 털고 원망도 털어내면 언제 그랬냐는 듯 글은 되살아났다.

글은 내 그림자였다. 한없이 풀이 죽은 날에는 글도 가다 서다를 반복하며 휙 하니 쓰러졌다. 또 방방 뛰듯 신나는 날에는 글도 이면 저면을 활보하며 날아다녔다.

그러다 한 발자국도 속도를 내지 못하고 털썩 주저앉은 날이 있었다. 멈춘 손은 어르고 달래도 더욱 꽁꽁 얼어붙기만 했다. 그럴 땐 오롯이 나를 들여다봤다. 혹시라도 욕심을 품고 있는 건 아닌지를.

기자직을 내려놓았던 날, 힘겨웠던 글쓰기를 거들먹거리며 다짐했다.

'글, 두 번 다시 쓰나 봐라.'

그러던 내가 지금 다시 글을 쓰고 있다. 다짐은 시간 따라 변하는 내 마음과 나란히 행을 이뤄나갔다. 그렇게 변해가는 다짐을 보고 있으면 줏대 없는 내가 원망스럽기도 했다. 그러나 달라지고 변한다고 무조건 나쁘게만 볼 게 아니었다. 망망대해에서 바람의 방향을 다시 잡아야 할 때가 있지 않은가. 인생의 방향도 내가 내딛는 발걸음에 따라 시시각각 달라졌다. 바다의 바람도 인생의 방향도 눈에 보이지 않기에 섣불리 단정 지을 필요가 없다. 대신 내 몸의 온 감각을 키워서 그 흐름을 느끼고 느낀 대로 움직이면 되는 것이다. 글을 쓰는 이 시간도 어쩌면 컴컴한 인생 어디쯤에서 내 길을 찾으려고 더듬거리는 행위일지도 모르겠다.

기자로 출근하는 날의 복장은 편한 오피스룩이나 캐주얼 차림이 대부분이었다. 촬영이 있는 날의 아나운서 출근복은 그것과는 사뭇 달랐다.

나는 원색의 블라우스와 재킷 그리고 미디길이의 치마에 살색 스타킹을 신고 7cm의 구두를 신었다. 머리의 볼륨을 최대한 부풀려 스프레이로 고정했고 인조 속눈썹을 붙여 화면발에 어울리는 어색한 나로 탈바꿈했다. 함께 입사한 동기들은 기복이 심한 치레에 장난조 섞인 인사를 건네곤 했다.

"오늘은 누구신가. 사람이 그렇게 확 바뀌면 안 돼."

동기들과 함께하는 정규직 회사생활은 끈끈하고 유쾌했다. 글을 쓰며 골머리를 앓을 때면 누군가 어깨를 두드리고는 차디찬 음료수를 건넸고, 상사의 부당함에 공감해주며 상처를 다독여줬다. 늦은 밤까지 교정을 보는 날에는 둘러앉아 인생고민을 나누느라 일은 뒷전이었다. 나는 글을 쓸 때도 좋았고 카메라에 설 때도 좋았다. 하루에 일정량의 기사문을 내보내는 날도 뿌듯했고, 뉴스멘트에 빨간 펜을 체크해가며 입을 푸는 날도 보람찼다.

내가 진행한 첫 뉴스가 방영되던 날이었다. 쥐구멍이라도 있으면 기어들어가고 싶은 그런 날이기도 했다. 시계가 정확히 방영시간을 알리자 보도국 사람들이 하나둘 자리에서 일어나 메인 TV앞으로 모여들었다. 시그널 음악이 흐르자 심장박동이 요동쳤다. 회사의 전 직원이 건너와서는 내가 나올 화면을 온통 집중했다. 대뜸 생경한 얼굴이 화면에 가득 찼고 오디오가 쩌렁쩌렁 흔들렸다. 분명 나였지만 나 같지가 않았다. 뭉그러지는 발음과 자꾸 어긋나는 말의 속도는 보는 이들의 한숨을 거침없이 새나오게 했다. 또 한쪽으로 비쭉 올라간 어깨선은 화면에서 퍽이나 도드라졌고 어색한 웃옷은 당장이라도 벗겨내고 싶었다. 경직된 눈썹과 입술마저 보는 이들의 안타까움을 동시에 자아냈다. 그때 스스럼없는 말을 자주 내뱉던 한 선배의 말이 내게로 날아들었다.

"이야, 이거 뉴스야? 코미디야? 내가 해도 될 뻔했네. 하하하."

점심을 먹으러 나간 그들을 뒤로하고 홀로 TV 앞에 앉아 한참을 멍하니 있었다. 어느새 점심을 먹고 돌아오는 직원들을 피하려고 비상계단으로 몸을 피해 난간에 걸터앉았다. 한순간 하염없이 눈물이 흘러내렸다. 어찌나 민망한지 떨어지는 눈물도 소매 단 틈으로 스며들어가 숨어버렸다.

생각해보면 말이란 것은 자르거나 꼬리를 무는 일보다 덜어낼수록 훨씬 격에 맞았다. 내 말을 덜어낸 자리에 상대방의 말을 채우니 외려 관계는 깊어지거나 진해졌다. 때문에 사람을 만날 때마다 내 말의 빈도를 유념하며 귀를 크게 열었다. 행여 내가 뱉은 말로 얕거나 옅은 관계가 되는 건 아닌지 뒤돌아볼 때도 많았다.

나는 말을 잘하는 것보다 남의 말을 잘 들어주는 사람 편에 속하고 싶었다. 더구나 말을 할 때에는 장황하게 늘어진 말이 아닌 함축된 무거운 말이 좋았다.

기자실에는 유난히 말이 없는 동기가 있었다. 그는 국내 유수의 대학교를 졸업한 엘리트로 동기 중에서도 선배들의 기대를 듬뿍 받던 인물이었다. 단연 똑똑했고 필력도 우수했다. 거기다 과묵해서 진중함이 물씬 느껴졌다. 그런데 그와 가깝게 지내려고 다가간 사람들은 뒷걸음질을 치며 물러섰다. 기묘하게도 그와 긴 대화를 나눈 사람은 단 한명도 없었다. 그는 어떤 상황에서도 누구에게나 짧은 말만 내뱉는 사람이었다.

“그건 힘듭니다.” “글쎄요.” “알아서 하십시오.” “저한테 왜 물으시죠?” “제 일이 아닙니다.”

많은 사람들은 두 문장이 이어진 그의 말을 들어본 적이 없었다.

그의 짧은 말은 온통 가시투성이였다. 배려하거나 공감하는 마음은 추호도 없었다. 그 짧은 말로 사람들의 마음에 생채기를 내자 하나둘 그에게서 등을 돌렸다. 말로 하나가 되거나 혼자가 되거나 마음 싣기 나름이었다.

말이 짧던 엘리트 동기는 업무적인 면에서는 처음부터 완벽했다. 그 일에 천재성이 있거나 이미 만반의 준비가 된 인재임에 분명했다. 반면 나의 처음은 늘 어설프고 못나 보였다. 부족한 게 많아서 자주 흔들렸고 핀잔을 듣거나 무시를 당하기 일쑤였다.

다른 동기들의 처음도 나와 크게 다를 건 없었다. 기관 출입처에서 하루 종일 컴퓨터를 붙잡고 대기하다가 건수 없이 돌아오는 날에는 선배의 꾸지람에 억울한 눈물이 샜다. 기사문의 원칙도 모른다며 글을 쓰다 혼나는 건 예사로운 편에 속했다. 애써 건진 기사가 쓸모없다며 쓰레기통에 처박히자 무능함을 탓하며 고개를 떨구었다. 축축하게 흔들리는 어깨 옆으로 내 어깨를 맞대고서 우리는 한참이나 부둥켜안았다.

몇 해 전, 내게 하나뿐인 아이는 첫 김치를 포크로 들어 올려 괜한 침을 갑절로 삼켜내며 두려움에 맞섰다. 오래전에는 첫 모래 위를 걸으며 발바닥에 차이는 몽글몽글한 느낌에 화들짝 놀라 울음을 터트렸고 첫 파도에 발을 적실 때도 두려워했다. 아이의 처음은 나와 무척이나 닮아 있었다.

똑같은 처음에 휘청대는 아이에게 나는 엄마로서 삶의 순리 같은 조언을 덧붙였다. 처음은 원래 두렵다고 시간이 지나면 다 좋아질 거라고 말이다. 어른이 되어 어른 같은 말로 포장한 것만은 아니었다. 지나와 보니 어렵고 두렵기만 한 처음은 시간이 지나면서 차츰 나아졌다. 첫 기사문에 체크된 빨간 표시가 점점 종식되었고 TV 속 어눌한 모습도 제자리를 잡아갔다. 시간이 흘러 갓 입사한 후배 아나운서가 어느 날 내게 물었다.

"선배님, 선배님처럼 카메라 앞에서 떨지 않고 말하려면 어떻게

해야 될까요?”

나는 의연히 대답했다.

“처음엔 원래 그런 거예요. 하다 보면 익숙해질 날이 분명히 올 거예요.”

처음은 맥아리가 없어 비틀대다가 이내 바닥으로 곤두박질친다.

움츠려 울다가 고개를 돌려 주위를 훑어보면 알게 된다. 그 바닥엔 누구나 한 번쯤 고꾸라져 땅을 짚은 손자국으로 가득하다는 것을.

하늘 위 뭉칫돈

안녕하십니까.

허리를 꼿꼿이 펴고 곧은 등을 유지한 체로 30도와 45도 각도를 번갈아가며 고개를 아래로 숙였다. 매일 아침마다 제창했던 인사훈련 덕분에 아직까지도 그 자세는 내 몸에 깊숙이 배어 있다.

승무원이 되어 윙을 달기까지는 길고도 험난한 훈련과정을 거쳐야만했다.

비상상황 시엔 구조자와 안내자가 되어야 했고 기내의 서비스를 담당하거나 면세품을 판매해야 했다. 때때로 갤리에서 조리를 했고 기내 방송을 했으며, 객실의 우는 아이를 달래거나 몸이 불편한 승객의 두 손과 발이 되어주었다.

비행을 하기 전 교육생의 신분일 때는 하루빨리 하늘로 날아오르고 싶었다. 상황에 따른 훈련도 많았지만 방대한 자료의 기종공부 때문에 날마다 머리를 싸맸다. 매일이 시험의 연속이었고 그런 탓에 교육장은 늘 한기가 서린 듯 싸늘하기만 했다.

일정한 훈련시간과 테스트를 통과해야지만 비로소 객실업무를 맡을 수 있었기 때문이다. 신입은 이코노미석 기내를 담당하고 그 자격의 표징으로 왼쪽 가슴에 윙 모양의 빼지를 달았다. 때문에 윙을 달고 처음으로 비행하던 날의 잔상은 아직까지도 기억 속에 고스란히 남아 있다.

나는 이른 이륙시간에 맞춰 일찍이 눈을 떴다. 얼마나 긴장되던지 피곤한 기색조차 느끼지 못했다. 전날에 이미 다 싸놓은 캐리어를 다시 열었다. 다시 짐을 빼고 넣고를 반복하며 빠트린 물건은 없는지 체크했다. 특히 업무에 필요한 필수품인 아이디카드와 매뉴얼, 앞치마와 기내신발을 캐리어 정중앙에 배치했다. 남겨진 공간에는 갈아입을 옷가지들을 채워 넣었다. 선을 맞춰 정성들여 다린 유니폼은 옷걸이에 걸려 방문손잡이에 매달려 있었다. 화장대 앞에 앉자 거울에 비춰 보이는 유니폼에 자꾸만 시선이 갔다.

첫 비행의 현장을 어느 때라도 사진으로 남겨두기 위해서 화장에 잔뜩 공을 들였다. 수많은 역할극에 몸이 녹초가 되면 얼굴에 달랑거리는 한 올의 머리카락이 처량해 보일 만도 했다. 그래서 한 올의 머리카락도 빠져나오지 않게 스프레이와 왁스로 단단히 고정시켰다. 왼쪽 가슴에 윙과 명찰을 달고서 거울을 보니 진짜 승무원 같았다. 이런 날을 꿈꿔온 지난날들이 주마등처럼 눈앞을 스쳐갔다.

나의 첫 비행구간은 인천-상해-곤명을 향하는 노선이었다. 인천발 상해행 노선에서는 기내에 오르자마자 주어진 업무로 쉴 틈 없이 분주했다. 금세 착륙을 하고 승객들이 내리자 그제야 다리가 풀리고 피로가 온몸을 덮쳐왔다. 거울에 비친 세 올의 머리카락이 이마에 흩어져 수고했다는 흔적을 남겼다. 빠져나온 머리를 매만지자마자 다시 곤명행 승객들을 맞이했다.

중국 여행을 하는 배낭객으로 보이는 두 명의 유럽인을 제하곤 대부분의 승객이 중국인이었다. 나는 그들의 자리를 안내하다가 먼발치에서 하얀 삼베옷을 입고 발가락이 나온 슬리퍼를 신은 백발이 성성한 노인을 보았다. 그는 노란 끈으로 동여맨 네모난 작은 상자를 들고 천장과 좌석들을 둘러보며 쭈뼛거리다 종종거렸다. 나는 그에게 다가가 탑승권을 확인하곤 뒷좌석으로 안내했다. 그는 짐을 올려주겠다는 나의 권유에도 아랑곳 않고 작고 네모난 상자를 품에 앉은 채 창문만 바라봤다.

비행기는 정해진 시간에 활주로를 타고 이륙을 했다. 승무원들은 갤리 안에서 빨리 감기라도 하듯 카트 위로 음료들을 재빨리 준비했다. 노인이 앉은 뒤 열에 다다르자 나는 카트의 브레이크를 걸면서 친절한 멘트로 음료를 권했다. 그러자 그는 나를 힐끔 보더니 다시 창가로 시선을 돌렸다. 가타부타 아무런 대답도 하지 않는 그에게 괜한 서운함이 감돌았다. 식사 서비스가 진행될 때에도 담요 서비스가 진행될 때에도 그는 모든 제안을 마다했다. 그러자 그를 내 머릿속에 끌고 들어와 제멋대로 판단했다. 뭔가 기분 나쁜 일이 있거나 귀찮게 하지 말라고 내게 무언의 대답을 하는 걸 거야. 신경 쓸 필요 없으니 내 일만 잘하자.

기내 서비스가 종료되자 내게도 잠깐의 휴식시간이 주어졌다. 종일 기내 안을 걸어서인지 무거워진 다리가 콕콕 쑤셔와 점프시트에 털썩 주저앉았다. 근육이 단단히 뭉쳐서 풀리지 않자 신발을 벗은 채 다리를 앞으로 쭉 뻗었다. 순간 공간을 분리시킨 갤리의 커튼이 확 걷히자 바람을 쐬던 발가락들이 경직되고 말았다. 깜짝 놀라서 벌떡 일어섰고 커튼을 젖힌 사람과 나란히 눈을 마주했다. 다름 아닌 뒤열에 앉아있던 노인이었다.

“도와드릴까요?”

의례적인 승무원다운 내 말에 그는 자신을 따라오라는 손짓을 하며 등을 돌렸다.

바닥에 덩그러니 놓인 신발을 끌어다 신으면서 볼멘소리가 저절로 입 밖으로 튀어나왔다.

나는 애써 미소를 지으며 그가 앉아 있는 뒷좌석으로 갔다.

“손님, 뭐 불편한 거 있으세요?”

창밖만 바라봤던 그의 두 눈이 내 눈동자를 응시했다. 그리곤 하얀 삼베옷 왼쪽 주머니에 자신의 손을 가져다 넣었다. 꼼지락하더니 구겨진 뭉치가 내 손바닥 위에 올려졌다. 나는 뭔지도 모른 채 손에 쥔 뭉치를 살살 풀어헤쳤다. 100위엔 지폐였다. 나는 돈을 건넨 그를 쳐다보며 의아한 표정을 지으며 말했다.

“손님, 이게 뭔가요?”

"먹을 것 좀 주면 안 되겠나? 혹시 돈이 부족한가?"

"네?"

순간 말이 나오지 않았고 머릿속이 복잡해졌다. 조금 전까지만 하더라도 모든 서비스를 거절하며 자기만의 세상에 빠진 사람이라고 생각했다. 허나 그 판단이 착오일 수도 있겠다는 예감이 들기 시작 했다.

내가 첫 비행을 하는 날, 그는 생애 첫 비행기를 탔다. 비행기에 탑승하기 전에 신발을 벗는 줄 알았다. 그래서 벗기 편한 슬리퍼를 신고 왔다고 했다. 음료와 식사는 돈을 내고 사먹어야 한다고 오인했다. (내가 속한 항공사는 전 노선의 모든 기내 서비스가 기본적으로 제공되고 있었다.) 꼬깃거리는 뭉치 돈을 내밀며 부탁하던 그의 앞으로 나는 몸을 낮췄다. 주름진 따뜻한 손도 지긋이 잡았다. 다시 돈을 건네며 그에게 말했다.

"여기서는 돈이 필요 없어요. 그러니 이 돈은 다시 주머니 속에 넣어두세요. 드실 음료와 식사는 제가 얼른 가져다드릴게요."

나는 그를 뒤로하고는 갤리를 향해 걸음을 재촉했다. 목 안에 모래알이 박힌 듯 까칠해지더니 목 줄기가 뜨겁게 달아올랐다. 그러자 하늘나라로 떠난 지 얼마 되지 않았던 우리 할아버지가 서글피 눈가로 젖어들었다.

돌아가신 할아버지도 비행기 한 번 타본 적 없었다. 그래서인지 못해드려 아쉬운 마음을 뒤 열의 노인에게 그대로 전하고 팠다.

손녀의 마음으로 그를 애처로이 바라보자 하늘에 있는 할아버지를 마주하는 것 같았다. 나는 그를 위한 트레이 위에다 갖은 음료와 식사를 켜켜이 쌓았다. 처음 타보는 비행기라며 설레고 긴장되는 그를 위해 틈날 때마다 눈길을 주곤 미소를 지었다.

어느덧 비행기가 착륙을 위해 바퀴를 쿵하고 내렸다. 착륙준비를 하고 점프시트에 앉아 점점 선명해지는 곤명의 도시를 한 눈에 내려다 봤다. 뒤 열에 앉아있는 노인의 뒷모습으로 시선을 옮기자 입가에 온기가 퍼져나갔다. 어느새 다음번 비행의 기대감에 젖어들고 있었다.

요즘엔 가게마다 '마주보는 직원을 내 가족처럼 대해주세요'라는 문구에 눈이 흘깃한다. 타인을 가족처럼 대하는 일은 생각보다 어렵지는 않았다. 대단한 결심이나 천금도 필요치 않았다. 그저 황량한 마음에 낯선 휘파람 한 번, 메아리 한 번 부르면 되는 거였다.

기본이 무엇?

내게 도전이란 길가다 발에 채이는 돌부리마냥 평범했다. 거대하게 높은 벽이라고 느꼈다면 많은 기회 앞에서 벌써 무릎 꿇고 말았을 것이다. 그래서인지 기회는 호들갑스럽지 않게 조용히 내 주변을 맴돌았다.

"진짜 잘할 수 있겠어요?"

PD의 우려는 당연했다. 나는 생애 첫 게스트로서 홈쇼핑 생방송을 코앞에 두고 있었다. 방송경험이 전무하진 않았지만 홈쇼핑은 또 다른 영역이었다. 세상에 갓 태어난 병아리처럼 당당함만 장착한 채 무대에 올랐다. 그리곤 눈앞에 펼쳐진 수많은 카메라를 훑었다. 가장 가운데 자리한 메인 카메라를 조심히 흘겨보았다. 방송이 시작되면 카메라의 빨간불(녹화가 진행되고 있다는 표시)이 여기저기서 켜지고 꺼지기를 반복했다. 빨간불이 켜진 카메라를 봐야지만 화면의 정면을 바라보는 시선이 나왔다. 문제는 어느 카메라에서 언제 빨간불이 켜질지 예측하기 힘들다는 것이었다.

경험이 많은 시니어는 카메라의 움직임까지 예상해 시선처리가 곧

잘 능숙했다. 하지만 나는 무대에 서면 여전히 빨간불을 찾으려고 한참을 두리번거렸다. 그래서인지 화면 속의 나는 갈피를 못 잡고 허공만 쳐다보는 우스꽝스런 모습이 자주 연출됐다.

그뿐이 아니었다. 게스트의 역할은 쇼호스트와 핑퐁 하듯 멘트를 주거니 받거니 해야 했다. 나는 적재적소에 쇼호스트의 멘트를 제대로 받아치지 못했다. 그녀가 건넨 말보다 내가 하고 싶은 말이 먼저 입에서 튀어나왔다. 예상치 못한 내 멘트 때문에 방송은 출렁이는 파도를 맞았다. 생방송이 끝나자 심기가 불편한 PD가 무대로 올라왔다.

"이게 뭡니까, 잘할 수 있다면서요!"

울그락불그락 하던 그의 얼굴이 잠시 지나자 차분한 홍기를 띠었다. 그러자 조곤조곤 나를 위한 충고가 이어졌다. 부족한 면모가 드러나거나 치부가 공개될 때 가장 먼저 나를 곤혹스럽게 하는 감정은 수치심이었다. 수치심은 상황을 벗어나도 시시때때로 불쑥 살아 움직여 내 얼굴을 뜨겁게도 덮쳤다.

신기한 건 방송 횟수가 늘어나는 만큼 수치심이 들어찼던 공간이 조금씩 자신감으로 탈바꿈하기 시작했다. 잘할 수 있다는 결심이 서는 순간 언제나 말마따나 그만한 힘이 생겼다. 그러자 어제보다 조금씩 괜찮아지는 오늘을 맞이했다. 힘들고 무너질 것 같아도 처음을 용쓰고 버텨내야 하는 이유인 것이다.

나는 아이를 낳고서 다시 방송문을 두드렸다. 5년 만이었다.

규모가 작은 회사였지만 다시 기회를 얻은 감회는 무척 새로웠다.

생방송이 아닌 녹화방송이고 TV가 아닌 웹상이라도 방송을 하게 된 희열은 주부가 된 나를 춤추게 하는 활력이 됐다. 나는 주로 엄마와 아내의 경험을 살릴 수 있는 생활용품과 유아용품을 배정받아 촬영했다.

유기농 아기과자를 시작으로 웹 홈쇼핑 촬영이 진행되는 날이었다. 스튜디오 천장과 사방에는 눈부신 조명이 달려 있었고 무대 앞에는 세대의 카메라가 있었다. 이 무대에 다시 서기까지 딱 5년이 걸렸다. 그동안 나는 결혼을 하고 임신을 하고 출산을 했다. 변하지 않은 스튜디오의 기기들 사이로 오롯이 내 삶의 형상만 두드러지게 변해 있었다.

"녹화 1분 전입니다."

PD의 사인으로 긴장된 심장이 더욱 요동쳤다. 카메라를 응시하며 첫 인사말을 내뱉었다. 그러는 사이 조종실에서 현장을 지휘하던 PD의 음성이 스피커를 통해 울려 퍼졌다.

"자, 긴장 풀고 목소리에 힘 빼세요."

그 후로 여러 번 엔지가 나는 상황이 되풀이되자 누구 할 것 없이 예민해졌다. 내 어깨는 경직되어 갔고 등에선 식은땀이 멈추지 않았다. 몇 날 며칠을 머릿속을 채워 넣은 멘트가 뒤죽박죽 섞여 정신이 혼미해질 지경이었다. 녹화가 절정에 이르자 PD의 분에 섞인 외침이 내 가슴에 구멍을 내기 시작했다.

"아줌마! 집에 가서 애나 볼 것이지 왜 나와서 여러 사람 고생시킵니까!"

아줌마라니, 애나 보라니! 불화가 뼛속까지 치밀어 올랐지만 흔들리지 않으려고 주먹을 꽉 쥐었다. 예전의 나였다면 불같이 달려들어 대판 따지며 옳고 그름을 재단했을 것이다. 허나 결혼하고 아이가 있는 일용직 프리랜서의 나는 사회에 발을 딛자마자 눈치챈 게 있었다. 을의 뒷자리가 내 자리라는 것을.

아이를 낳기 전과 후의 나는 생각과 처세에 있어서 꽤 달라져 있었다. 아이를 키우면서 인내와 지혜를 온종일 갈구하다 보니 생각의 범주는 훨씬 깊고 넓어졌다. 아이 덕분에 고통과 기쁨을 번갈아 느끼는 역동적인 일상은 당연했다. 그러나 사회에서는 이러한 나를 정체된 삶, 소위 경력단절 여성이라고 정의하며 멈춰버린 삶이라고 단정했다.

단절된 삶을 사는 사람은 외롭고 비참할 수밖에 없다. 나는 세상과 단절된 삶이 아니라 세상과 어울리는 삶을 위해 결혼을 했고 아이를 낳았다. 아이와 함께하는 깊고 풍만한 삶은 단절이라는 단어와는 전혀 어울리지 않았다.

나는 결혼과 출산을 통해서 여유와 사랑, 인내와 인정이 넘치는 사람으로 변모했다. 나뿐만 아니라 아이를 낳고 기르는 이 세상 모든 엄마들이 그러할 테다. 그럼에도 사회는 전과 달라진 내게 얕고 좁은 틈만 내어줄 뿐이었다. 질적으로 풍만해진 내가 그 틈을 오가는 건 비좁아 힘겨운 게 당연했다. 나는 빨래를 개다가 또는 차오르는 달을 보다가도 이따금씩 궁금해졌다. 그 틈으로 들락날락하기 수월한 날이 내게 오기는 할까.

세부의 야망

길을 걷다가 향기가 짙은 꽃 한 송이가 나를 반기거나 내 어깨에 사뿐히 앉아 눈짓을 건네는 나비를 본 적이 있다. 바란 적 없던 기회의 닻이 삶의 항구에 가닿는 것처럼 말이다.

몇 해 전, 뙤약볕이 내려앉은 한국의 여름을 뒤로하고 필리핀 세부행 비행기에 몸을 실었다. 한국인 쇼호스트로 필리핀 현지에서의 촬영을 제안받았기 때문이다. 늘 그랬지만 나는 한 번도 시도해보지 않은 일 앞에서 주춤해본 적이 없었다.

그래선지 시행착오는 항상 내 뒤를 따라다녔다. 8박 9일의 일정 동안 일에 치이느라 여덟 밤의 달력은 순식간에 넘어갔다. 또 예기치 못한 변수로 낮과 밤을 잃는 건 기본이었다.

나는 세부에 도착하자마자 현지 디렉터를 만났다. 처음 만난 그녀는 입꼬리를 활짝 치켜들며 다짜고짜 넓은 품을 내어 나를 와락 안았다. 낯설지만 포근한 품안으로 따듯함이 느껴졌다. 그녀는 대장부 같은 털털한 성격에 자부심이 넘쳤고 호탕하기까지 했다.

그녀를 따라 향한 곳은 300평이 넘는 어느 대학교의 강당이었다.

휑한 적막과 싸늘하기까지 한 공간 어디쯤에서 디렉터의 한마디가 사방에 퍼지자 나는 걸음을 멈추고 두 눈을 동그랗게 떴다.

"촬영은 삼 일 후에 이곳에서 진행됩니다."

아무것도 없는 학교 강당에서 홈쇼핑 촬영을 한다니. 두 눈을 껌뻑이며 황무지 같은 무대를 바라보면서 어처구니없는 표정을 애써 감췄다. 강당에는 오롯이 단상 하나만 덩그러니 놓여 있었다.

삼 일 후에 예정된 촬영은 이러쿵저러쿵 상상할 수도 없을 만큼 까마득했다. 그러자 그들의 계획에 의심을 품기 시작했다. 그때 갑자기 대표의 전화벨이 울렸다. 며칠 전 배편에 실어 세부로 보냈다던 방송 상품들이 일주일가량 연착될 거라는 예기치 못한 소식이었다. 촬영이 무산될 수도 있는 위기였다. 어리숙한 분위기 탓에 허무한 한숨만 새어나왔다.

다음날 아침 호텔 창문으로 세부의 눈부신 햇살이 스며들었다. 서둘러 나갈 채비를 하고 호텔을 빠져나왔다. 내 앞으로 과일이 든 흰색 비닐봉지를 매단 자전거 한 대가 천천히 지나갔다. 뒷자리에 탄 어린 여자아이가 눈을 찡긋하며 인사를 건넸다. 나도 따라서 눈짓을 보내자 아이는 두 발을 요리조리 움직이며 입을 씰룩거리더니 멀어지는 틈에도 앞과 뒤를 번갈아 보며 나를 흘깃거렸다. 딱 그 아이의 시선만큼 거리의 많은 눈이 나를 신기한 듯 바라봤다.

잠시 거리를 걷다가 새끼돼지의 바비큐 현장 앞에서 걸음을 멈췄다. 숯 위를 돌아가며 지글지글 구워져가는 훈연의 향을 맡고 있으니

군침이 돌기 시작했다. 그것은 세부의 전통음식 레촌이었다. 그날 나는 레촌 맛에 흠뻑 빠져 아침부터 허기짐을 과하게 달랬다.

겨우 강당에 다다르자 건물에 울려 퍼지는 요란한 기계음 소리에 두 귀부터 막았다. 계단을 오를수록 소음이 거대해져 온갖 잡음을 집어삼켰다. 꼭대기 층의 강당에 들어서자 어제와는 사뭇 달라진 분위기에 어안이 벙벙했다. 강당에는 수많은 인부들로 붐볐다. 무대 위에는 자르고 다듬고 세우는 저마다의 손길이 가득했다. 그들은 먼지를 내뿜으며 새로운 공간을 분주히 창조하고 있었다.

현장에 있던 무대 디자이너와 긴 악수를 나누었고 그의 눈은 시뻘겋게 충혈되어 있었다. 다른 스태프들의 눈도 하나같이 뻘겋거나 퀭했다. 혼란한 틈에 방송 상품이 다시 항공편을 통해 날아온다는 반가운 소식을 접했다. 하루 사이에 체념과 희망이 모두의 마음 안에서 충돌하고는 다시금 제자리를 찾았다. 부정의 편에 서서 잠시라도 실패를 예감했던 나만 두 볼이 뻘겋게 달아올랐다.

나는 무대 준비에 여념 없는 스태프들 뒤에서 기획을 구상하거나 대본을 쓰며 시연을 준비했다. 프리랜서의 자기 주도적인 경험이 빛을 발하던 순간이었다. 스무 가지가 넘는 상품의 아웃 라인을 잡고 셀링 포인트를 기획하느라 밤낮없이 영어와 씨름을 했다.

촬영이 시작되던 날, 어느덧 천장과 무대 위에는 5대의 카메라와 셀 수 없는 조명들이 설치됐다. 여느 방송 스튜디오 못지않게 꾸며진 감각적인 무대 위로 하나 둘 아기자기한 소품들이 채워져 갔다. 카메라와 조명, 그리고 음향을 다루는 사람들이 분주히 무대를 오가며 방송의 서막을 알렸다. 희망이 가득한 스태프들의 기대감을 마주하자 처음 이곳에 온 날이 불현듯 떠올랐다. 황량한 무대를 바라보던 갈 곳 잃은 내 눈빛이, 아무것도 보이지 않는다고 쉽게 가능성을 덮었던 그날의 비겁함이 말이다.

돌이켜보면 척박한 땅 위로 솟아나는 싹 한번 지긋이 지켜본 적 없었다. 포기하는 일이 고대하며 기다리는 일보다 쉬웠기 때문이다. 그런 조급함 때문에 비범함이 될 수도 있었던 사소함을 숱하게 지나쳤는지도 모른다.

촬영은 4일 동안 쉴 틈 없이 진행됐다. 날이 갈수록 피곤하고 힘에 부쳐 모두들 지친 기색이 역력했다. 그렇게 분위기가 가라앉으려고 하면 저마다 기합을 넣어 응원의 한마디를 외쳐댔다. 그러자 옆 사람에게 전파되듯 입에서 입으로 기운을 나누며 서로를 북돋았다. 황량했던 강당 안이 그들의 온기로 날마다 따듯하게 데워졌다. 그런 한결 같던 웃음과 배려로 촬영은 끝을 향해 순항을 이어갔다.

며칠 후 디렉터의 마지막 컷 사인이 강당에 울려 퍼졌다. 그러자 서로를 부둥켜안으며 성취의 기쁨을 만끽했다. 강당을 채운 모두의 땀방울은 햇살을 머금은 이슬만큼이나 빛났다.

나는 그들을 통해 긍정의 힘을 제대로 실감했다. 자칫 한 사람의 불만이나 나태함도 서로에게 도미노 같은 짐이 될 수도 있었다.

그렇지만 아무도 제 몸 하나 힘든 것쯤 내비치지 않았다. 쪽잠을 청하고 곯은 배를 움켜쥐어도 그들은 마주보며 웃었다. 서로를 향한 묵묵한 배려였던 것이다. 함께 걷는 걸음은 홀로 걷는 것보다 더 깊이 오래도록 나를 감싸고 품었다. 다시 살아가는 힘과 희망은 오롯이 그 품에서 솟아났다.

Chapter 6

사랑

내 손이 다른 손으로 포개지고 내 눈이 다른 눈 안에 가득 담기면 내 마음은 온통 다른 향으로 가득 찼다. 거리를 걷다 보면 고유의 향을 풍기는 사람보다 어우러진 향이 새나오는 사람에게 시선이 갔다. 그 느낌은 화원을 거닐 듯 포근하고 달콤하고 유연했다. 사랑도 그렇다. 곁가지 사랑이 자랄 때마다 내 향도 따라 농염해졌다. 내게서 퍼지는 내음은 주위를 향기롭게 물들였다.
그러자 사방이 온통 꽃향기로 가득했다. 결혼은 그런 것이었다.

가장 높은 프로포즈

남편을 만난 건 앙상하게 얼어붙은 나뭇가지가 봄기운을 맡으려고 고갯짓하던 계절이었다. 나는 왠지 결혼할 운명이나 특별한 인연은 뭔가 강력한 회오리를 일으키며 다가올 줄 알았다. 그러나 그는 대단하지도 특별하지도 않게 조용히 내게로 다가왔다. 사람과의 관계는 일정한 법칙 같은 게 존재했다. 시간과 정성이란 양념을 치면 어떤 관계일지라도 깊어지고 특별해졌다. 그게 운명이 되고 인연이 되었다. 펄펄 끓이고 끓여야 진국이 되는 사골 국처럼 말이다.

나는 대수롭지 않았던 그와의 첫 만남에 대뜸 선을 그었다. 그리고 다음에라는 운을 뗐다. 한창 몸도 마음도 분주했던 때라서 가벼운 소개팅조차 내키지 않았다. 하마터면 기약 없는 다음으로 서로 스쳐 가지도 못할 뻔했다. 우리는 그렇게 어쩌다가 만나서 다음을 만들고 또 그다음을 만들며 평범하리만큼 보통의 연을 맺었다.

아직 결혼하지 않은 미혼의 여성들은 저마다 가보지 않은 길에 대한 환상을 내비치며 내게 묻곤 한다.

"결혼할 인연은 따로 있는 거죠? 대체 언제 이 사람이다 싶은 느낌이 오는 건가요?"

나는 스쳐가거나 머무르는 인연을 처음부터 구분 지어 생각해본 적 없다. 모든 인연의 시작은 평범한 직선이다가 어떤 계기로 굴곡선을 만들어갔다. 그렇게 어떤 이는 내 범주에서 튕겨나가거나 엇나갔고 또 어떤 이는 나의 궤도와 딱 들어맞았다.

지피지기는 인연에게도 필요한 처세라고 여겼다. 자주 만나봐야 어떤 포물선을 그리는지를 가늠할 수 있었다. 이때 선택과 집중이 이뤄지고 나면 관계의 척도는 달라졌다. 남편과도 처음엔 밋밋한 직선을 그리기만 했다. 그러다가 극히 사소한 찰나에 흔한 인연에서 연인이 되었다.

아카시아향 껌을 유달리 좋아했던 나는 늘 가방에 껌 한 통씩을 넣고 다니며 입가심을 하곤 했다. 그날은 여름을 알리는 비가 추적추적 내렸고 낮인데도 어두컴컴한 날씨 탓에 분위기가 적막했다. 끌리는 듯 마는 듯 미지근한 온도의 그와 함께 점심을 먹고서 그의 차에 올라탔다. 배부른 노곤함이 피로를 불러오자 가방을 열어젖혀 껌을 찾았다. 한참을 찾았지만 가방 속 어디에도 껌은 없었다. 곧바로 시무룩해진 얼굴을 그에게 들키자 순간 머리를 긁적였다.

겨우 껌 하나 없다고 그럴 일이냐며 볼멘소리가 나올 테지. 마침 비도 오고 날도 궂었다.

"잠시만 기다려 봐."

그는 말하면서 동시에 시동을 켰다. 보이는 가게마다 차를 세워두고 들락날락거렸다. 다시 차에 올라탄 그가 다른 골목으로 핸들을 돌렸다. 이미 몇 군데 가게를 들락거리느라 그의 어깨가 젖었고 안경엔 빗방울이 달라붙어 있었다. 이번에도 그는 서둘러 차문을 열고 나갔다. 잠시 뒤 함박웃음을 지으면서 차 안의 내게 손을 흔들어댔다. 창문에 비치는 실루엣이 흐르는 빗물 따라 흐릿해졌다. 그럼에도 그의 웃음만 선명히 비쳐보였다.

그가 비를 헤치고 차 안으로 들어왔다. 힘껏 힘을 준 머리가 빗물을 머금어 축 가라앉았다. 다짜고짜 내 손을 끌어 자신의 손을 마주 댔고 거기엔 아카시아향 껌 다섯 개가 있었다.

한 손으로 움켜쥔 껌 뭉치를 보자 무언가 늑골 사이를 비집는 느낌이 들었다. 고작 그것만으로도 마음이 동하기 시작했다. 소소하리만큼 작은 관심과 감동은 쭈뼛대던 내 마음을 조금씩 움직였다. 그와 함께하는 시간마다 나는 더욱 가치 있게 거듭났다. 나를 빛나게 해주는 사람이라면 평생을 함께해도 좋을 만했다.

그와의 연애가 한창 무르익을 때였다. 우리는 휴가를 맞아 녹음이 짙고도 푸른 제주도로 향했다. 제주도의 바람은 바다 향을 머금어 청량했고 드러낸 어깨가 작열하는 태양으로 붉게 물들어갔다. 우리는 제주도의 설렘을 만끽할 겨를도 없이 한라산으로 출발했다. 한라산 등반이 이번 여행의 목적이고 숙제였다. 연애를 시작하면서 둘이서 한 번도 해보지 않은 일을 찾아 우리의 첫 ○○이라는 스티커를 마구

붙여보기로 계획했다. 거기엔 첫 유람선 타기, 첫 연극 보기와 같이 신나고 즐거운 추억을 한가득 채워 넣을 요량이었다. 한라산 등반도 그 리스트 중에 하나였다.

첫 산행 데이트에 막연한 기대가 실린 건 당연했다. 뭣도 모른 채 이왕 해보는 거 가장 높은 산에 올라가보자며 이구동성 뜻을 맞췄다.

나는 한라산 초입에서 우두커니 산의 끝자락을 바라봤다. 가까이에서 바라본 한라산은 고개를 한참이나 젖혀서 바라봐야 할 정도로 구름과 마주하는 높이를 자랑했다. 눈으로는 얼마만큼 높은 것인지 사실 짐작이 안 되었다. 일단 산을 타봐야 그 거대함을 느낄 수 있을 것 같았다. 완주가 아닌 오롯이 실행이 목표였던 계획이어서 잠깐 초입만 올랐다가 내려올 심산이었다. 그래도 우리의 추억 하나 새기는 꼴이었다. 그렇게 구두 신은 한 발을 가볍게도 뗐다.

여러 발을 내딛어도 마주잡은 두 손 때문인지 숨이 차오르는 것도 느끼지 못했다. 걸음의 박자를 맞추거나 노래를 흥얼거리면 으레 밝은 기운이 마구 샘솟았다. 지나가는 산새 소리를 귀에 담아보기도 하고 손에 닿는 풀잎과 들꽃마다 코를 갖다 대곤 깊은 향을 삼켜내기도 했다. 한라산의 굽이진 산길이 버진로드 같았는지 부끄럽게도 예행식을 하는 기분이 들었다.

한 시간쯤 산을 올랐을까. 슬슬 땀방울이 머리카락 사이에 맺히더니 바닥으로 곤두박질치며 떨어졌다. 가쁜 숨을 내뱉었고 목구멍이 불타오르듯 마른기침을 해댔다.

한라산의 거대함 속에 들어와 보니 우리는 티끌만큼이나 작았다. 웅장한 산의 어디쯤에 서있는지조차 가늠할 수가 없었다. 정상까지의 여정이 막막한 탓인지 나는 금세 주머니 속의 핸드폰을 꺼냈다. 거기엔 여럿 막내기로 그려진 신호망이 전부 사라지고 없었다.

서 있는 위치가 핸드폰의 버튼 하나면 곧바로 표시되는 세상이다. 내가 어디에 있는지 정작 사람은 몰라도 기기는 잘 알고 있었다. 때문에 목적지로 향하는 행로를 나는 한 번도 벗어난 적이 없었다. 길을 잃거나 헤매는 실수는 더 이상 있을 수 없는 일이라고 여겼다.

산속은 다른 세상이었다. 숲속에 둘러싸인 핸드폰의 불통으로 나도 따라서 불능이 돼버린 느낌이었다. 최적 길과 도착시간을 가늠해볼 수 없는 산길은 허상을 걷고 있는 기분이었다. 어디로 가는지 방향을 알 수 없자 내딛는 걸음마다 흔들렸다. 나는 스스로를 믿고 나아가는 방법을 까마득하게 잊고 있었다.

얼마나 시간이 흘렀을까. 산책마냥 나들이하러 나온 옷이 성가시기 시작했다. 덩그러니 물집이 잡힌 뒤꿈치와 알 수 없는 가지들이 스쳐간 다리의 상처가 조금씩 아려왔다. 어느 순간 말없이 산을 타는 나를 위해선지 그가 갑자기 제안을 했다.

"정상까지 오르면 우리 결혼하자."

그를 만날 때마다 내 입에서 꼬박 삼켜낸 말이었다. 그런 말을 뭔가 예고도 없이 갑자기 듣게 되니까 부끄러운지 바닥만 쳐다봤다. 그러는 사이에 굽었던 등이 우뚝 펴지더니 관절에 힘이 실리기 시작했다. 나는 걸어도 걷는 것 같지 않고 숨이 차도 헐떡이지 않는 무아지경을 맞이했다.

네 시간이 지났을까. 멀리서 정상이 어렴풋이 보였다. 온몸이 물을 잔뜩 흡수한 솜뭉치마냥 어마한 무게로 나를 짓눌렀다. 그는 잡고 있던 내 손을 더 세게 움켜잡고 머지않은 정상으로 나를 이끌었다. 드디어 우리는 한라산 백록담 앞에서 나란히 세찬 바람을 맞았다. 바람은 선선하면서도 묵직하게 불어왔다. 한참이나 심연의 백록담을 바라보며 그와의 약속이 부서지지 않기를 바라고 또 바랐다.

욕조에
눈물을 받고

우리는 서울로 돌아와 그리 오래지 않게 양가에 인사를 하러 갔다. 어느새 한 김 식은 바람이 옷깃을 스치고 따가운 볕을 품은 잎사귀는 색동옷으로 바꿔 입을 준비를 했다.

그의 부모님께 인사를 드리는 날은 긴장한 탓인지 다리에 힘이 무척이나 실렸다. 내 모습이 괜찮아 보이냐는 질문을 그에게 수도 없이 건넸다.

어느새 그의 집 앞에 다다랐다. 나는 꽃다발을 든 옷매무새를 다시 단정히 다듬었다. 쭈뼛 선 내 머리에 그의 손길이 닿자 곧장 차분히 가라앉았다. 그가 딸랑거리는 대문을 활짝 열어젖혔다.

"어머니, 아버지. 저희 왔어요."

"안녕하세요. 처음 뵙겠습니다."

우리의 소리가 천장을 카랑카랑 흔들어댔다. 그러나 아무런 대답도 들리지 않자 괜한 무안함만 벽을 타고 말았다. 나는 그를 따라 신발을 벗고 스타킹을 신은 두 발을 마루장판에 사뿐히 내려딛었다. 발

끝조차 떨려서 발가락을 세게 움켰다.

대답 없던 그의 부모님이 가만히 거실에 앉아계셨다. 거실의 불빛이 쨍하게 눈부셨는지 나는 미간이 찌릿했다. 들이마시는 공기 틈에도 기묘한 적막이 흐르자 살갗이 부르르 떨려왔다. 그가 달갑지 않은 적막을 깨트리며 입을 열었다.

"저희 왔어요. 아버지, 어머니."

그의 말소리가 다시 허공에 묻혀버렸다. 잠시 후 그의 아버지가 헛기침을 하며 무거운 입을 떼셨다.

"결혼은 못 들은 걸로 할 테니 그쪽은 그만 돌아가세요."

과학자 정재승은 말했다. 인간의 모든 판단은 0.15초란 찰나에 비할 만큼 빠르다고. 그럼에도 내 귀에 흘러들어온 한 문장은 1분, 2분이 지나도 어떤 판단도 서질 않았다. 심지어 그쪽이라는 단어가 누구를 지칭하는 줄도 몰라서 나는 두 눈만 껌뻑였다. 그때 그가 무릎을 꿇고 다시 앉았다. 그리고는 가라앉은 목소리를 힘겹게 꺼냈다.

"저희 결혼하겠습니다. 허락해주세요."

때마침 파리 한 마리가 거실에 들어왔는지 윙윙거렸다. 자꾸만 내 옆을 오가며 성가시게 울려대자 한 손을 들어 귓등을 쳤다. 사방을 휘젓고 날아오른 파리가 거실 바닥에 자리를 트는 순간 그의 아버지가 분을 삭이며 외치셨다.

"내 말 안 들려요? 그쪽은 여기서 나가주세요!"

놀란 파리는 홀연히 날아갔고 나는 그의 손에 이끌려 집 밖에 나왔다. 다짜고짜 쫓겨나버린 내 처지를 곱씹어봤다. 첫인상이 마음에 들지 않아서였을까. 아니면 치마가 짧았던 걸까. 행여 말실수라도 했나. 숱한 의문이 꼬리를 물었다. 그러는 사이 그의 어깨가 부르르 떨리기 시작했다. 반대편에 혼자 서서 힘겨웠을 그를 생각하니 눈시울이 뜨거워졌다. 그러다가 분노가 동시에 치밀어 올랐다. 분노와 원망은 결국 사랑하는 그를 향해 날아갔다. 며칠간은 그의 마음 따위는 외면한 채 내 분심만 삭였다.

송두리째 부정당했던 그날의 이유는 시간을 따라서 명확해졌다. 그건 첫인상도 치마 길이도 말 실수도 아니었다. 오롯이 나 때문이었다. 자존감과 자족감으로 고군분투했던 내 삶은 그날 먼지처럼 부서졌다. 그러자 애써 덮었던 우리 가족의 상처와 아픔이 다시금 고개를 들었다. 미치도록 슬픈 날엔 어떤 포효도 하지 못한다는 걸 나는 그때야 알았다.

한동안 걷잡을 수 없는 절망이 끝을 모르게 달려갔다. 내게 과거는 여전히 흘러가고 있는 시간이었다.

겪어본 사람들은 안다. 사랑은 반대의 힘이 거세질수록 더욱 견고해진다는 것을.

보지 말라는 말 한마디가 더 자극적으로 다가와 미치게 보고 싶게 만드는 것도 같은 맥락이다. 우리의 사랑은 반대의 힘으로 큰 날개를 달았다. 기필코 사랑을 쟁취하겠다는 결심이 그의 마음을 채웠다. 내게 날아드는 화살로 그의 보호본능은 절정에 다다랐고, 그의 등 뒤로 바짝 내 몸을 밀착시켰다. 불사조 같은 사랑이었다.

끝내 우리는 불완전한 축복을 받은 채 결혼식을 올렸다. 엄마는 그런 딸이 갸륵했는지 연신 눈물을 훔쳤다. 나는 그런 엄마의 눈을 내내 피해 다녔다. 행여 처량하고 서글픈 기운을 엄마 품에서 온통 쏟아 낼까 봐 드레스의 한 자락만 힘껏 움켰다. 신부 화장을 잔뜩 먹은 눈꺼풀이 파르르 떨려왔다.

내게 눈길 한 번 주지 않는 시부모님의 야속함은 버진로드를 걷는 동안 목을 메이게 했다. 식이 끝나고 텅 빈 식장을 나오자 쓸쓸함이 켜켜이 묻어났다. 우리는 잔뜩 무거워진 몸을 이끌고 호텔에 들어섰다. 긴장이 풀리자 아이스크림 녹듯 우리의 몸도 스르르 녹아내렸다. 그는 곧장 침대에 쓰러져 고꾸라졌다. 피곤했는지 코를 골아대자 나는 까치발을 하고는 화장실 손잡이를 조용히 돌렸다. 널찍한 화장실이 방만큼이나 아늑하게 느껴졌다. 물 한 방울 없이 반짝이는 하얀 욕조를 보았다. 그 안으로 차려입은 한복이 몸이 접히는 대로 구겨져 갔다. 무릎을 두 팔로 감싸서는 편평한 치맛단 사이에 고개를 괴었다.

'톡, 톡'

한 방울, 두 방울. 욕조를 울리는 소리가 구슬프게 퍼져나갔다.

꾹꾹 눌러 자물쇠를 채운 심정을 꺼내자 하얀 욕조 바닥에 왈칵 쏟아졌다. 수도꼭지를 돌리면 물살에 떠밀려 사라질 것들이었다. 더더욱 그 안으로 말 못한 심정을 죄다 털어버렸다.

얼마나 울었을까. 화장실을 감도는 공기가 습하게 차올랐다. 나는 욕조에 눈물을 받고 새벽녘 어스름을 맞았다. 잠시 후 구름이 잔뜩 낀 하늘을 제치고 그날의 태양이 초연히 떠올랐다. 퉁퉁 부은 눈꺼풀 위로 광명이 장대처럼 쏟아지며 우리의 결혼을 축하했다.

이불 한 장 신혼집

우리에겐 사랑 하나면 충분했다. 어디서건 그와 함께라는 전제가 붙으면 뭐든 좋았다. 맨땅에 헤딩하듯 젊음과 사랑만으로 우리의 신혼생활은 시작됐다. 어디서 어떤 집에 사는 건 중요하지 않았다. 당시 전 재산이었던 500만 원을 인출해 신혼집의 보증금을 충당했다. 꼬박 내는 월세가 60만 원이나 되었다. 남편의 월급에서 월세와 생활비가 빠져나가면 남는 돈으로 욕심을 덜어내며 살았다.

우리가 살았던 오피스텔은 옵션이 잘 갖춰져 있어서 가전제품을 사지 않고도 편리한 생활이 가능했다. 붙박이 냉장고와 세탁기 그리고 가스레인지는 새댁의 삶을 충분히 윤택하게 했다.

덕분에 신혼집으로 이사 가는 날은 몸도 마음도 무척이나 가벼웠다. 돌돌 굴러가는 작은 바퀴가 달린 캐리어 두 개만이 살림살이의 전부였다. 그 안에는 화장품과 옷가지, 속옷, 수건, 몇 권의 책과 노트북이 전부였다.

우리의 신혼집은 지하철역과 연결되어 있는 역세권이었다. 분당 언저리였지만 서울 도심으로의 접근성은 무척 용이했다. 도로변이라

조금 시끄럽긴 해도 음산한 골목길을 지나 다닐 일이 없어서 좋았다. 여러모로 부족함 없는 최적의 주거지였다.

긴 복도를 두고 문이 다닥다닥 즐비한 곳에 서 있으면 딱딱하고 싸늘한 기분이 물씬했다. 그곳에 살면서 옆집 또는 그 옆집에 사는 사람을 한 번도 마주친 적이 없었다. 치열하게 각자의 삶을 사는 공간답게 문을 굳게 잠그고 살았다.

그럼에도 우리 집은 애틋한 열기가 문밖까지 새어나왔다. 삭막하지만 뜨거운 온도를 유지하며 살았다. 그 온도로 신혼을 보냈고 갓난아이도 키웠다.

우리 집은 실평으로는 9평 남짓이었는데 쓸데없이 천장만 높았다. 문을 열고 들어와 신발을 벗으며 여보하고 부르면 그 외침이 위를 찍고 내려오는 데도 한참이 걸렸다. 그의 목소리가 울려 퍼지는 시간을 오매불망 기다리는 것은 나의 중요한 일과이기도 했다.

장을 보고 돌아오는 길은 매일이 설레고 긴장됐다. 어깨를 짓누르는 풍만한 장바구니에 아내의 소명 같은 게 실려서 더욱 그랬다.

엉망진창 요리를 하고 보기 좋게 플레이팅을 마치면 하염없이 그가 오기만을 기다렸다.

맛이야 둘째치더라도 그의 입속에 나의 정성이 안착되는 순간은 하루의 가장 벅찬 행복이기도 했다. 나는 정성의 맛을 본 느낌을 집요하게 묻곤 했는데 그럴 때마다 그는 내 눈을 곁눈질하며 극찬을 아끼지 않았다.

제대로 평가될 수 없는 음식을 깨끗이 비워야만 했던 그에게 신혼의 식사시간은 비단 설렌 기억만은 아니었을 테다. 어떤들 정성의 맛도 있다는 걸 알고 있는 그가 고마울 따름이었다.

한창 결혼을 준비하는 친구들과 소소한 자리를 가진 적이 있었다. 그들에게 신혼집은 결혼의 주요 성사가 되곤 했다. 어느 곳에서 어떤 주거형태로 시작하는지가 대화의 쟁점이었다. 한 친구는 월세로 시작하면 죽을 때까지 월세를 면치 못한다고 했고 다른 친구는 강남에서 시작해야 강남에서 끝을 본다고 했다.

그들에게 있어서 나는 가장 초라하고 부족한 결혼이었다. 그럼에도 내 동공은 한 번도 흔들리거나 껌뻑인 적 없다.

나는 결핍이 많았던 시절을 보낸 탓인지 곳곳에 옹이가 잔뜩 박혔다. 웬만해선 생활력이 흔들리는 일이 없었다. 늘 충분한 것보다 부족한 게 많았고 원만한 것보다 모난 게 많았다. 결혼을 해서도 주어진 크기에 나를 맞추고 살았다. 시장에 가서 더 싸고 신선한 식재료를 구매했고 마트에 가면 가격을 따져가며 바구니를 채웠다. 특별한 것을 먹고 싶거나 갖고 싶을 때에는 돈의 여유가 생길 때까지 참고 기다렸다. 언제든 원하는 걸 당장 가질 수 있는 사람들은 주변에도 많았다. 그들과 비교한들 달라지는 건 아무것도 없었다. 그저 내겐 참고 기다리는 시간이 필요할 뿐이었다.

아무것도 없던 신혼집엔 좋은 한 가지보다 저렴한 여러 개가 필요했다. 그러자 텅 비어 있던 공간이 날이 갈수록 물건으로 가득가득 채워졌다. 살림살이에 정말 필요한 것만 샀는데도 용달차 두 대가 필요할 만큼이나 짐이 늘었다. 쌓이는 짐처럼 신혼의 추억도 그렇게 쌓여갔다. 그런 식으로 살림살이를 채워가다 보니 쉽게 버려지는 것도 많았다. 싸고 쉽게 산 물건은 한 철도 견디지 못하고 곁을 떠나곤 했다. 그러자 두고두고 오래 쓰고 싶은 물건이 간절했다. 오래도록 사용하기에 성능이 좋은 물건들은 대부분 비싼 몸값을 자랑했다. 나는 살 수 있는 형편과 사고 싶은 간절함 사이에서 여전히 혼란스러운 삶을 살았다.

며칠 전 장롱 속 이불을 정리했다. 신혼의 시간을 함께한 연두색 이불이 끄트머리에 돌돌 말려 박혀 있었다. 순간 반가운 마음에 이불을 끄집어냈다. 색이 바란 세월의 흔적을 손등으로 쓰다듬자 아련함이 눈가에 기웃거렸다. 어디 한 군데 망가지지 않고 지나간 시간을 버틴 것만으로도 고마운 마음이 물씬했다. 방 안에는 이불을 감싼 듯 따스한 향이 몽글몽글 피어올랐다.

신혼집으로 이사 온 첫날, 잠을 자려고 바닥에 드러눕고서야 이불이 없다는 걸 알았다. 가끔씩 남편의 가디건과 늘어진 티셔츠를 꺼내서 이불로 덮었다. 그렇게 이불 없이 한 계절을 버텼다. 다행히 여름이었다. 서로의 온기가 이불이 되었고 그 또한 신혼이었기에 가능했다.

언제부턴가 바닥에서 냉기가 돌면서 아침마다 창가에 김이 서리기 시작했다. 가을이 물씬 다가와 바람이 쌀쌀해지자 남편의 점퍼를 꺼내어 이불 삼아 며칠을 버텼다. 새로운 계절마다 부족하고 간절한 것이 하나씩 생기곤 했는데 가을자락엔 이불, 겨울 중턱엔 난로가 절실했다.

단풍 지던 어느 날 채널을 돌리다가 홈쇼핑 방송을 보았다.

49,900원의 한정판 이불세트를 판매하고 있었다. 국내 생산에다 두툼한 솜이 가득 들어 있는 신상품이었다. 나는 아무런 고민 없이 전화를 들었다. 번호를 꾹꾹 눌러 신혼집 첫 이불을 샀다. 이튿날 초록색 이불과 초록색 패드 그리고 초록색 베개커버가 집으로 배송됐다. 방안이 온통 숲속 같았다.

유난히 추울 거라던 그해 겨울은 포근하고 따뜻하기만 했다. 우리는 그 이불로 사계절을 지냈다. 세탁기에 돌릴 때마다 보풀이 잔뜩 엉겨 붙는 바람에 볼품은 없어졌지만 포근함은 그대로였다.

사람이건 물건이건 간에 추억을 나누는 것만큼 가슴 시리고 뜨거워지는 일도 없다. 소박하고 건강했던 우리 삶이 이불 속에 응집되자 들춰볼 때마다 그 시절이 절로 흘러들어왔다.

초록이불은 딱 십 년 동안 우리를 감쌌다. 마치 할 일을 다 한 듯 이제는 마르고 빛바래져 씁쓸함만 남았다. 어쩐지 추억까지 버리는 것 같아서 장롱 구석에 돌돌 말아 집어넣었다.

나는 새해를 맞아 새하얀 이불을 하나 장만했다. 아침마다 허리를 세우고 일어나면 침대 위를 가지런히 정리하는 일로 하루를 시작한다. 이불을 들출 때마다 예전처럼 설레지는 않아도 곱절의 감동은 여기저기에 배어 있다. 그건 단단한 애틋함이고 연연한 가족애였다. 새 이불 속에서도 우리의 삶은 정답게 꽃을 피워내는 중이다.

아들이 건넨 세상

어느 토요일 오전, 주말의 설렘이 자꾸 새댁의 마음을 들었다가 놓았다. 그럴 것이 경력직으로 도전했던 회사의 최종합격을 앞두고 있었다. 예감도 좋았고 기분도 좋았다. 이참에 당당한 며느리로서의 입지를 다질 만도 했다. 괜스레 핸드폰을 만지작거리고는 남편에게 전화를 걸었다. 그의 직장 앞으로 설렘을 가득 안고 마중 나가기로 했다.

평소에 잘 입지도 않던 짧은 블랙 원피스를 꺼냈다. 옷을 걸치고 은빛의 반짝이는 귀걸이를 차고 8cm나 되는 구두를 신발장에서 꺼냈다. 집 앞 버스정류장을 향해 온 발가락에 힘을 주어 또각또각 걸어 나갔다. 오랜만에 하이힐을 신어서인지 자꾸만 굽이 흔들거렸다. 바닥을 쳐다본 순간 두 눈에 꺼멓고 깊은 암흑이 비치더니 이내 동공을 덮쳐왔다.

다시 눈을 떠보니 정류장 의자에 앉아서 누군가의 부축을 받고 있었다. 드라마에서 봤던 기절한 등장인물이 나라는 걸 알아차리기까지는 그리 오랜 시간이 걸리지 않았다. 나를 둘러싼 놀라움과 걱정스런 여러 눈길을 마주친 순간 허벅지 위로 올라간 짧은 치맛단이 보였다. 서둘러 치마를 끌고 내려와 고개를 푹 숙이자 사라진 기억이 불안해졌다. 우스꽝스럽게 쓰러지지는 않았는지 내 몸보다 체면부터 챙기는 나였다. 멍한 내 앞으로 누군가가 뛰어오며 생수 한 병을 건넸다.

"괜찮으세요? 물 좀 마셔요."

고맙다는 말 할 겨를도 없이 부들부들 떨리는 손을 내밀어 물을 받았다. 물통의 뚜껑을 딸 힘도 없는지 팔이 슥 내려앉았다. 그가 다시 물병을 가져가 뚜껑을 따곤 내 입에 가져다주었다. 힘없이 처진 내 어깨를 어느 아주머니가 가슴팍으로 지탱해주고 있었다.

"정신이 좀 들어요? 깨어나서 천만 다행이에요."

아주머니는 내게 상황을 설명해주기 시작했다. 그사이 나는 쉴 새 없이 쏟아지는 땀을 닦으며 몽롱한 입을 뗐다.

"정말 고맙습니다."

그때까지만 해도 눈앞이 뿌연 안개에 덮인 듯 어떤 것도 시야에 잡히지 않았다. 단지 목소리만 선명하게 들려왔다. 동공에 슬슬 초점이 잡히자 난간을 붙잡아 몸을 일으켜세웠다. 다시 인사를 나누고 한 발을 내딛었다. 왼쪽 신발 축에서 떨어진 굽이 발등을 때렸다. 이런. 한숨을 쉬며 머리카락을 넘겼다. 얼기설기 엉켜버린 머리카락 사이에 손가락이 끼었다. 어깨와 팔다리는 빨건 속살이 징그럽게 드러나 있었다. 갑자기 쓰라린 고통이 스멀스멀 올라왔다. 아프다가도 기억나지 않는 창피함 때문에 뒷목이 화끈거렸다. 하필이면 짧은 치마라니. 굽이 떨어진 신발을 바닥을 끌며 당겨왔다. 오른발은 위로 왼발은 바닥에 붙어서 각기 다른 걸음을 차례대로 내딛었다. 지나가는 사람들마다 기묘한 시선으로 나를 뚫어지게 바라봤다. 정말이지 재수 없는 날이었다.

집으로 돌아와 신발을 벗자 살갗의 고통이 엄습했다. 따가운 건지 서러운 건지 뭣 모를 눈물이 뚝뚝 흘러내렸다. 그러자 아랫배가 콕콕 찔러왔다. 넘어질 때의 충격이겠거니 하다가 곧 사정없이 죄어드는 고통에 말을 잃었다. 주섬주섬 옷을 꺼내 입고 병원을 찾았다. 그때까지만 하더라도 타박상이나 근육의 경련쯤이라고 내심 짐작했다.

나는 그날 내 안의 두 줄을 확인했다. 뜻밖의 기쁨이나 행운은 평범하거나 평화로운 날에 찾아드는 선물인 줄 알았다. 그러면 서로를 부둥켜안고 찬란한 미래를 다짐할 줄로만 알았다. 그저 멍하니 병원 대기실에 앉아 한참을 창문만 바라봤다. 분명 가슴 벅차게 온몸에 전율이 와야 하는데 뭔가 이상한 기분이 감지됐다. 두 줄이 충분히 기쁘고 반갑다가도 역시나 바라던 대로 되지 않는 인생의 타이밍에 서럽고 울컥한 감정이 치밀었다. 내게는 축복마저 평범하게 다가올 리 없었다.

주위에는 결혼을 하고 생명이 탄생하는 인생의 과정을 많은 이들의 축하를 받으며 당연하듯 누리고 있었다. 그러나 나는 완벽하거나 완전하게 이루어지는 게 아무것도 없었다. 늘 빈 틈이 많아 어설펐고 예상치 못한 일들 투성이었다.

평범한 삶의 그림자를 갖고 싶다가도 다시 제자리에서 안타까움만 삭일 뿐이었다.

평범하게 산다는 건 어떤 의미일까. 뛰어나거나 색다르지 않게 보통으로 산다는 것이다. 비슷한 보통의 삶을 산다는 건 나다운 삶을 살지 않는 것과 다를 바가 없다. 남의 인생은 결코 내 인생의 정답이 될 수 없다. 우리는 각자의 개성대로 생각하고 말하며 저마다 고유한 색깔을 지니고 있다. 어떤 이는 주황색을 띠고 어떤 이는 노란색을 띠면서 세상은 다양하게 채색되어진다. 내 색깔이 평범한 원색이 아니라고 폄하되거나 원망을 건넬 필요도 없었다. 틀린 색이 아닌 다른 색이 어우러지는 게 인생, 그리고 삶이기 때문이다.

다양한 색이 어우러질수록 한 폭의 비범한 그림이 완성된다. 원색만이 아름다운 색이라는 편견은 그림을 통해 금방이라도 깨닫는 사실이다. 평범하지 않은 내 색깔도 썩 괜찮아 보이자 마음이 전보다 평온해졌다. 삶을 대하는 마음에 여유가 깃든 건 부정할 수가 없다.

두 줄을 확인하기 전부터 내 몸은 여느 때와 달랐다. 피곤하고 기운 없고 기분이 들떴다가도 침울해졌다. 일련의 변화들은 그저 스스로도 제어하지 못하는 무능함으로 다그쳤다. 결혼을 해서도 나는 자립을 꿈꾸고 있었다. 인정받고 싶었고 떳떳하고 싶었다. 남편 뒤에서 숨어사는 것만 같아 당당해지고 싶었다. 구직을 원했고 또 번듯한 사회적 명함도 바랐다. 완전한 가정을 이루는 꿈이야 얼마든지 꿨지만 막상 그 무게를 짊어지려고 벼른 일은 한 번도 없었다. 불완전하게 시작된 결혼생활이 어느 정도 안정을 찾을 때까지는 시간이 필요하다고 여겼다. 서로의 인생에 꽃길을 깔아주는 일이 먼저라고 생각했다.

임신은 축복이고 행운이고 행복임에 틀림없다. 허나 예상치 못한 두 줄은 단연 입사할 회사에서는 달갑지 않은 반가움이었다. 임신과 입사의 갈림길에서 불필요한 감정충돌을 하기도 했지만 해답은 이미 내 안에 정해져 있었다. 나는 어설픈 엄마가 되어보기로 결심했다. 그러자 내 안의 씨앗에게 충분한 거름과 물을 주어 양질의 환경을 내어주고 싶었다. 매서운 비바람과 태풍에 휩쓸리지 않도록 보호해주고 싶었다. 어쩌면 씨앗이 나를 지탱해줄 나무가 될 것을 처음부터 알고 있었는지도 몰랐다.

그날 저녁, 살점이 벗겨진 어깨보다도 봉긋 솟은 아랫배에 시선이 갔다. 내 안의 아이가 마냥 신기해서 거울에 연신 그 모습을 비춰댔다. 손바닥 안으로 따듯하게 만져지는 생명의 아우라를 느낀 그날부터 내 삶은 가장 고귀하게 흘러갔다.

서울에서 온 현리댁

남편을 따라 도시의 이곳저곳에 신혼집을 마련하던 친구들 사이로 나만 홀로 외딴길을 갔다. 우리 부부는 아이를 낳자마자 남편의 직장이 있는 가평군 현리에서 새 보금자리를 터야 했다. 당시에도 30년이 훌쩍 넘은 관사였다. 남편은 뒤늦게 국방의 의무를 졌고 동시에 처자식이 있는 가정도 짊어졌다. 적은 보증금으로 월세 없이 사는 관사가 선물처럼 주어진 건 손뼉을 치며 환영할 일이었지만 그 팡파르는 이사 가는 날 흔적 없이 묻혀버렸다.

고속도로를 달리다가 현리의 표지판을 보고 작은 마을입구로 들어섰다. 세월에 풍화되어 처량함이 묻어난 곳곳을 바라보던 찰나에 달리던 차가 멈췄다. 익숙하지 않은 풍경 속으로 무거운 발을 내렸다.

그곳은 도시와는 확연히 다른 분위기를 자아내고 있었다. 낮은 단지의 두세 개 동이 일렬로 이어졌고 외관은 무구한 세월의 역사와 상처로 얼룩져 있었다. 벽면의 시멘트가 갈라진 곳으로 거무튀튀한 이끼가 껴 있거나 작은 벌레들이 제집 드나들 듯 벽을 타고 오르내렸다. 칠이 벗겨진 외관의 행색은 민둥산을 보듯 하염없는 안쓰러움을 자아냈다. 처음부터 선을 긋지 않았거나 그어진 선이 사라졌을지도 모르는 주차선 안으로 차를 세웠다. 단지 앞에 서자 녹이 슬어 그대로 굳어버린 이음새가 힘겹게 외문을 지탱하고 있었다. 널찍한 손잡이가 쭉 밀리자 귀를 찢는 소음이 소란스러웠다. 한 발 한 발 내딛는 계단마다 세월에 깎이고 무너져 볼품없어 보였다.

2층으로 올라갔다. 두 세대가 있었고 그중 한 집의 대문이 온갖 푸른색이 조금씩 칠해진 채로 뜯기고 얼룩져 있었다. 문틈으로는 누런 스펀지가 길게 붙여진 채 바깥의 공기와 단절돼 있었다. 남편은 그 문 앞에 서서 열쇠꾸러미를 꺼냈다. 열쇠를 넣자 달각하는 소리와 함께 오랜만의 인기척에 반가운 듯 요란스런 소리가 났다. 문이 열리고 성인 한 명이 설 만한 현관에 신발을 벗었다. 어린 내가 살았던 셋방의 장판 모양과 비슷한 바닥을 마주하자 시간이 거꾸로 가고 있다는 착각이 들었다. 그 바닥을 까치발로 거닐며 방안을 둘러보았다. 안방과 작은 방 그리고 주방이 있는 단조로운 13평짜리 아파트였다. 주방에는 작은 개수대와 서랍장이 빛바랜 하늘색인지도 모를 색을 뽐내며 천연덕스럽게 놓여 있었다. 주방 너머로는 베란다가 길게 나 있었는데 얇디얇은 창문이 산바람을 거뜬히 막아줄 리 만무했다. 쌩하고 시린 겨울바람이 가슴을 움츠리게 하자 베란다로 내딛으려는 발을 서둘러 안으로 가져왔다.

그런 이유로 베란다에 설치했던 우리 집 세탁기는 홀로 남극을 살았다. 찬 입김이 서리기 시작하면 꽁꽁 얼어붙어 깊은 겨울잠을 잤다. 때문에 한겨울의 손빨래로 손등이 부르트는 날은 수두룩하게 많았다. 산속 겨울은 수도꼭지, 배수구, 물이 흐르는 호스 할 것 없이 물 한 방울 닫는 곳이면 겨울 왕국의 주문에 걸리기라도 하는 듯 꽁꽁 얼어붙었다. 남편은 때때로 헤어드라이기로 몇십 분을 쪼그려 앉아 수도꼭지에 뜨거운 바람을 쐬어주었고 펄펄 끓는 물로 얼어붙은 부위를 달래주었다. 그런 정성에 살짝 녹다가도 다시 얼어붙자 우리는 겨우내 살기 위해 몸부림을 쳤다.

집을 둘러보다가 막막함에 어쩔 줄 몰라 하는 남편의 표정이 고스란히 비쳤다. 희어멀뚱한 표정을 짓고서 나를 곁눈질하며 눈길을 피하기 바빴다. 나는 그다지 절망스럽지 않았다. 어려서부터 불만조차 가져볼 틈 없이 절실하게 살아온 이력 때문인지도 몰랐다. 그가 내 어깨를 살포시 감싸며 귓속말을 건넸다.

"여기까지 따라와줘서 고마워."

나는 몸을 눕고 비빌 공간이 생겼다는 것만으로도 벅찼다. 아이를 키워야 하는 우리의 공간이 거저 흘러들어온 것 같아서 신나는 마음도 있었다. 닥쳐올 고난을 미리 점치기도 싫을 만큼 그 시간을 열렬히 맞이하고 싶었다.

집 앞 큰길을 따라 들길을 걸으면 동네의 번화가인 읍내가 나왔다. 그곳에는 유일한 커피숍 하나가 삼거리의 중심에 자리 잡고 있었다. 읍내를 오가는 내내 그냥 지나칠 수 없었던 커피 향은 멀리서도 내 발목을 잡아끌었다.

나른한 오후 햇살을 등지고 커피를 마시러 나가는 길은 어떤 즐거움보다 한 뼘 더 컸다. 다소 사치스럽고 희귀한 일상으로 치부되기는 했지만 커피는 내게 생명수였고 숨을 터주는 처방 약이었다. 하루 한 잔의 커피는 그날의 피로와 잡념을 잠시나마 잊게 했다. 육아와 가사로 인한 노동의 해방을 살짝이나마 맛보는 느낌이랄까. 목 넘김을 할 때마다 품 안의 아이는 깃털처럼 가벼워졌다.

그곳 마을에는 5일장이 섰다. 넘어가는 달력마다 장이 서는 날엔 빨간색 동그라미가 꾹꾹 그려졌다. 5일장에는 강아지와 병아리, 여러 마리 닭이 새로운 주인을 맞이하려고 울타리 안에서 꼬리를 흔들거나 목청을 과시했다. 갓 튀긴 꽈배기와 컵 떡볶이를 맛볼 수 있는 먹거리도 한가득 펼쳐졌다. 길게 늘어선 천막 안에는 반찬을 파는 곳도 더러 있었다. 나는 천막 끝에 위치한 반찬 집을 자주 들락거렸는데 단골이 되자 주인아주머니는 아이를 안고 나온 나를 반갑게 맞이해주었다. 아주머니는 반찬을 한 국자 더 퍼주는가 하면 깻잎 장아찌를 한 손 듬뿍 퍼서 비닐에 돌돌 감았다. 그러면서 아이 엄마는 건강해야 된다며 공짜니까 더 맛있을 거라는 말도 따라왔다. 아주머니의 넘치는 정이 우리 집 식탁 위를 가득 채우면 살맛나는 시골생활이라며 입가에 미소가 번졌다.

현리에서는 커피 한 잔이나 비닐에 돌돌 감긴 장아찌로도 흡족하게 웃을 수 있었다. 그런 정을 나누며 이웃들과 정겹게도 살았다.

지금을 사는 나는 좀체 예전의 모습을 찾을 수가 없다. 맨얼굴로도 당당하게 들길을 걷던 내가 이제는 화장기 없는 얼굴로는 누구와도 대면하지 않는다. 어쩌다가 외식은 국수나 무한 리필 같은 배를 두둑이 채우는 곳이었으면서 이제는 정적인 식사로 배를 적당히 채우는 곳이 좋다.

기브 앤 테이크. 주는 만큼 받는 시대에 덤으로 무언가를 주거나 얻는 일은 거의 없었다. 또 유행을 따르려고 그 대열에 줄을 서거나 보기 좋은 것들로 위시 리스트가 채워졌다.

가끔씩 옛 시절이 아득하기만 했다. 고급 품종의 커피를 마셔도 그때만큼의 감응이 일어나지 않았고, 커피 한 잔으로는 피로한 몸을 달래기에 턱없이 부족했다. 나는 더한 행복을 좇느라 지금을 잃고 사는 것만 같았다.

날것의 소박한 마음으로 현리댁으로 살던 시절은 시간이 지나도 여전히 빛나고 있다. 나는 그 시절 동안 불평하거나 우울한 기운을 맞이한 적이 없었다. 그럴 것이 머지않아 도시로 돌아갈 기약된 날 때문이었는지도 모른다. 남편에게 주어진 의무가 끝나면 사라질 것이어서 잠시만 허락된 경험치를 소중히 여기며 살았다. 그래선지 하루하루가 불편하고 지루하다는 기분은 늘 뒷전이었다. 부대 앞을 어슬렁거리는 집채만 한 삽살개와 처음 보는 벌레들이 신기했고 장서는 날도 즐거웠다. 그곳에서는 잠깐 스치는 이들에게 상처를 받거나 애석하게 마음 두며 집착할 일도 없었다. 잠시 머물다 떠날 것을 아는 발걸음은 가볍고도 미력했다.

인생을 사는 일과 시련을 견디는 일은 어쩌면 같은 마음이기도 했다.

거기엔 보이지 않아도 유효기간이 정해져 있다. 15살의 시련이 아직까지 유효하지 않고 하물며 저번 달의 시련도 이 시간조차 흔들지 못한다. 나는 불시에 찾아든 시련에 애써 유효기한을 정하곤 했는데 그 방법도 나름 나쁘지 않았다. 한창 번뇌에 몸부림치다가 언젠가 환해질 날을 꿈꾸면 그런 각성만으로도 기운이 들떴다. 어차피 시련은 끈질긴 녀석이 아니었다.

Chapter 7

희망

제주도의 걸음마

엄마가 된 삶은 감격에 겨워 눈물짓거나 배꼽 잡고 웃다가도 거적때기 걸친 듯 볼품없이 마무리되기도 했다. 격정적인 드라마를 보는 것 같은 감정으로 하루에도 몇 번이나 내 얼굴은 출렁이는 파도를 탔다. 모유로 적신 초라해진 웃옷을 감추는 일처럼 아이를 바라보는 틈에 초췌한 얼굴을 무심코 파묻었다. 아이가 아침에 일어나 눈을 뜨는 순간부터 시간은 한시도 여자의 삶을 허락하지 않았다. 아이를 위한 삶은 여자의 삶과 공존하기 힘든 무언가가 있었다. 얼굴에 분칠이라도 할라치면 아이는 어느새 내 뺨에 손을 가져가 조몰락거리거나 코와 입을 파묻었다. 사랑스런 아이의 입술에 자연히 따라가다 보니 내 입술을 화려하게 물들이는 일도 멈춰야 했다. 작고 야무진 손아귀로 움켜쥐도록 머리카락을 내주지 않으려면 질끈 동여매거나 짧게 커트해야만 했다. 그렇게 꾸미지 않은 민낯으로 거리를 활보하다가 언뜻 동정의 시선이 달려들라치면 아이의 등을 토닥이며 엄마라는 위안으로 부끄럼을 삼켰다. 집 안에서도 그랬다. 치우고 닦아도 우리 집은 항상 난장판이 되었다.

행여 기어 다니던 아이가 바닥의 먼지나 이물질을 입에 가져갈까 봐 한 점의 불결함도 허락할 수가 없었다. 때문에 결벽증이 찾아와 스스로를 콩쥐 부리듯 했다. 마르지 않는 걸레질 때문에 주부 습진을 달고 살았고 손목과 무릎으로 찾아오는 관절통에 몸서리치는 날도 흔했다. 무한 반복되는 끝이 보이지 않는 집안일에 지치다가도 또다시 걸레를 움켜쥐고 먼지와의 전쟁을 선포했다. 그렇게 엄마의 역할을 완벽히 수행하고 있다고 애써 스스로를 치켜세웠다. 지독한 관심은 비단 의(衣)와 주(住)에만 엮인 게 아니었다. 아이의 먹거리마저 관대하지 못해 당일 공수해온 신선한 재료를 빻고 다지고 데치거나 끓여서 손수 이유식을 만들었다. 냉동고엔 다양한 재료를 혼합하여 만든 이유식이 넘쳐났고 끼니마다 다른 종류의 이유식을 먹이며 모범적인 엄마의 표징이라고 우쭐했다.

아이의 정서 발달을 위한다며 허리가 끊어지는 고통에도 아기띠를 매고 밖을 나갔다. 길가에 흐드러진 꽃과 들풀을 보여주며 대화를 시도했고 그림이나 전시회도 꼬박 찾아다니며 애써 의미를 부여했다. 잃은 게 많았던 내게 있어 아이는 살아갈 의미가 되어 주었고 삶의 전부로 자리 잡았다. 이슥도록 아이를 위한 하루를 부지런히 보내고 나면 쌔근쌔근 잠든 아이 옆으로 성난 어깨가 욱신거렸다.

허리의 통증은 갈수록 심해졌다. 그러한 탓에 앉거나 서는 일도 힘들어 바닥에 자빠져 있기 일쑤였다. 버티기 힘겨운 몸뚱이는 이상하게도 아이가 눈을 뜨고 움직이는 순간부터 다시 정상이 되었다.

나는 낮에는 열렬하다가도 밤에는 서글퍼지는 하루를 사느라 묵묵한 시간만 흘려보냈다.

이따금씩 거울에 비친 낯선 내 얼굴을 볼 때면 재빨리 다른 곳으로 시선을 돌리기도 했다. 변해버린 모습을 받아들이는 것보다는 외면하는 편이 훨씬 편했다. 그러다가 아이가 주위의 것들로 관심을 갖기 시작하면서부터 찬찬히 거울을 들여다보았다. 그토록 품을 들였던 외모는 어느샌가 흔적도 없이 사라지고 없었다.

엄마가 되기 전에는 외모에 치장하는 시간이 늘 여유로워도 부족하기만 했다. 짙게 화장을 하고 머리를 매만지느라 약속장소로 헐레벌떡 뛰어나가는 일은 다반사였다. 손에서 거울을 놓지 않았고 시간마다 꺼내 들어 내 얼굴을 살폈다. 사방이 온통 나만 비추는 거울 같았다.

차라리 엄마의 삶을 체념했다면 엄마로 변해가는 모습이 부대끼지 않았을까. 출산에 이어 육아까지 순식간에 찾아든 공포와 고통의 회오리는 정신 차릴 틈도 없이 나를 외딴 곳으로 날려버렸다. 얼떨결에 휩쓸려온 탓에 나는 그 안을 헤쳐가기도 바빴다. 그러는 동안 삼십대가 훌쩍 지나갔다.

그렇게 홀로 아쉬움을 삭였고 가족의 품을 파고드는 떠름한 삶이 익숙해졌다. 나를 찾고 싶은 날은 많았다. 문득 아이와 눈을 마주치다가도 그랬고 사람이 붐비는 거리를 걸을 때도 그랬다. 언제쯤이면 아이엄마가 아닌 내 이름 석 자를 불러주는 틈으로 당당히 걸어 나갈 수 있을까. 한낱 꿈으로 묻히는 바람은 쉽사리 사그라지지 않았다.

온종일 아이만 바라보다 보니 아이의 기분이나 상태가 그날의 나를 좌지우지하는 건 당연했다. 어떤 날은 이유식을 잘 먹거나 볼일도 잘 보는 아이 덕분에 푸른 하늘처럼 청량한 기분으로 하루를 보냈다. 또 어떤 날은 예기치 못한 미열로 끙끙대거나 울어 젖히는 통에 먹구름이 드리운 어두운 하루를 보냈다. 아이가 아픈 날은 가슴이 오므라들고 초조한 탓에 아무것도 할 수가 없었다. 그저 아이 옆에서 발만 동동 구르며 눈물로 긴 밤을 지새울 뿐이었다. 그렇게 아이에게 일어나는 모든 문제를 엄마의 부족함으로 연결 짓곤 했다.

나는 아이에게 전부를 내어줘도 늘 죄인인 듯 살았다. 수족구라도 걸리면 사람 많은 곳에 데려갔다는 이유로 고개를 조아렸다. 때마다 감기에 걸리면 부실한 식사를 탓하거나 얇은 옷을 꺼내 입힌 스스로를 원망했다. 아이에게 일어나는 모든 일의 원인과 책임은 엄마 몫으로만 옭아맸다.

오래전의 일이다. 아이가 정상적인 발육기간이 훨씬 지나도 몸을 곧추세워서 걷지 못했다. 온갖 의문들이 나를 감쌌고 매일을 악몽에서 살았다. 혹시라도 내가 알지 못하는 열성 유전자 때문일지 괜한 불안 때문에 잠도 설쳤다. 결국 병원에 데려가 검사를 해봐도 원인을 찾아내지 못했다. 그 후로도 진척이 없자 답답한 마음만 홀로 삭였다. 길을 가다가 또래 아이들이 아장아장 걷거나 뛰는 모습을 보면 가만히 서서 눈물을 삼켰다. 집안일에 얽매이지 않고 아이와 온전한 공감을 나눠야겠다는 다짐뿐이었다. 한편으론 필사적인 마음이기도 했다. 그렇게 제주도에서의 일주일살이가 시작됐다. 나는 짐을 풀자마자 시내를 빠져나와 한적한 곳에 섰다. 하늘인지 바다인지 구분이 안 갈 정도로 짙은 푸른 색감에 매료되었다. 어깨에 묶은 버클을 풀러 아이를 모래밭 위에 서게 했다. 익숙하지 않은 모래알이 발을 간질이자 입을 삐죽 내민 아이의 눈에 그렁그렁한 눈물이 맺혔다.

두 발에 힘이 없어 엉덩이가 모래 위에 풀썩 내려앉았다. 아이는 서글픈 울음소리를 내며 엄마를 찾았다. 나는 때마침 밀려오는 파도에 하얀 손길을 담궜다. 빛이 나는 물방울을 아이 얼굴에 튀기니 다시 아이의 웃음이 되돌아왔다. 제주도의 바람은 우리 곁을 살랑이다가 간질였다. 구멍이 숭숭 뚫린 돌구멍에 아이의 손가락이 숨어버리거나 드넓은 들판을 달리다가 넘어지더라도 웃음이 먼저 새나왔다. 웅장한 풍경에 가슴 한쪽이 저릿저릿하다가도 아이의 손을 붙잡으면 꼬물거리는 통에 다시 웃음이 번졌다. 제주도에서의 시간은 오롯이 그대로도 괜찮다고, 내 잘못은 더더욱 아니라고 나를 다독여주고 있었다.

제주도살이가 막바지에 이른 어느 날이었다. 밖을 나가보려고 서둘러 나갈 채비를 하고 있었다. 그날따라 아침 햇살이 유난히 따사롭게 방안을 비춰댔다. 세수를 하고 머리를 묶으며 아이와 옹알이 같은 대화를 이어나갔다. 할 일을 하면서도 한시라도 아이에게서 눈을 뗄 수 없자 거울을 보다가도 다시 아이에게로 고개를 돌리곤 했다. 그때 갑자기 낑낑대며 힘겨워하는 아이의 소리가 들렸다. 나는 하던 일을 멈추고 서둘러 아이 쪽으로 급히 고개를 돌렸다. 기저귀만 달랑 차고 있던 아이는 붉으락푸르락 달아오른 상태였다. 이상하게도 아이의 얼굴을 바라보는 내 눈높이가 사뭇 달라져 있었다. 늘 아래로만 향하던 시선이었는데 그날따라 한참 위를 향해 있었다. 그때 아이의 당당한 눈빛이 내게 가닿았다. 나 좀 보라며 두 발을 바닥에 꼿꼿이 세우고 있었다. 그러더니 탁구공만 한 무릎을 접었다 피면서 한 발 한 발을 내딛었다. 놀라서 멀뚱히 서 있는 내게로 두 발을 교차하며 걸어왔다. 아이의 모습은 앙증맞게 다부졌다. 작디작은 입술을 깨물며 두 주먹을 하얗게 쥐었다, 비록 두 다리는 흔들거렸지만 절대 꺾이지 않았다. 나는 그동안 야속한 밤을 추스르며 이런 날이 오기를 간절히 바라왔다. 그러나 마음의 준비도 없이 생뚱하게 맞이한 엄청난 광경에 가만히 입만 벌리고 서 있기만 했다. 감동이 물처럼 끓어올라 한동안 식을 줄을 몰랐다.

끓어서 넘쳐흐르는 감동을 어떻게도 달랠 길이 없었다. 감동에 젖어 달궈진 심장이 미친 듯이 뛰자 별안간 뺨을 타고 눈물이 주르륵 떨어졌다. 그러자 눈물샘이 닿는 안쪽 깊은 곳으로 아이의 모습이 또렷이 새겨졌다.

다시 안간힘을 쓰며 내게로 걸어오는 아이를 위해 나는 무릎을 꿇고 두 팔을 벌렸다. 엄마의 품을 들일수록 삶의 온도는 점점 뜨거워져만 갔다.

중고백과 명품백

사람 손이 닿기라도 하면 새것이 헌게 되는 세상이다. 구매한 책을 한 장 넘기기라도 하면 금세 중고 책이 되고 몸에 한번 걸친 옷은 중고 옷으로 전락된다. 사람의 손끝에 마법의 힘이 실려서인지 닿는 손길이 조심스러울 수밖에 없다. 그럴 것이 새것에는 선택권이 있지만 헌것에는 책임감이 붙는다. 물건도 사람도 매 한가지다.

어느 날이었다. 백화점 안으로 들어서자 명품매장 앞에 긴 줄이 띠처럼 둘러 있었다. 이제는 줄을 서야 볼 수 있는 명품의 위대함이 새삼 놀랍지도 않았다. 먼지 하나 없는 투명한 쇼윈도에는 브릭스가 높은 조명이 연신 명품백을 비추고 있었다. 화려하고 강한 포스를 뽐내는 명품백을 보자 나도 모르게 걸음을 멈추고 시선을 빼앗겼다.

거금을 맞먹는 가방의 가격표는 그저 내겐 허상에 불과했다. 로고가 박힌 가방 하나를 선뜻 내 것으로 들이려면 이번 달 경제사정과 효율성부터 조목조목 따져야만 했다. 평범한 나는 그 앞에만 서면 무력한 존재처럼 느껴졌다. 뭔지 모를 패배감에 휩싸이자 내 처지가 짚신짝처럼 초라해졌다.

천만 원짜리 명품백도 사람 손이 닿으면 중고품이 된다. 중고품은 손이 타서 가치가 떨어진 제품을 말한다. 떨어진 가치는 금세 값으로 매겨진다. 처음같이 제값을 치룰 길이 없다. 그저 시세에 따라 팔고 팔릴 뿐이다.

언젠가 친구와 함께 명품 중고백을 거래하는 곳을 찾았다. 어떤 이유에서건 새것을 누리지 못한 나와 같은 사람들을 마주쳤다. 그들은 한결같이 입을 모아 말했다. 새것 같은 물건을 갖고 싶다고.

중고매장에서 가장 인기가 많은 제품은 당연하게도 새것 같은 물건이었다. 나는 사람들을 따라 그 앞으로 다가갔다. 거기엔 눈을 씻고 찾아봐도 때가 탄 흔적이나 미세한 상처도 보이지 않았다. 처음 그대로 보드라운 포장지에 쌓여진 채 조심스런 손길만 오갔다. 백화점에 전시되어 있는 것과 다른 점은 누군가가 딱 한 번 사용했다는 전언 말곤 없었다. 때문에 새것의 가치를 잃고 시세에 따라 값이 매겨졌다. 중고품은 사용감과 상태에 따라서 A등급, B등급, C등급으로 나눠져 딱 값만큼 취급되었다. 마치 그것을 구매하는 사람도 등급으로 구분되는 것 같아서 여간 찜찜하지 않았다.

중고매장을 함께 간 친구는 얼마 전 돌싱이 되었다. 그녀는 열렬한 사랑을 했고, 장렬한 미래를 위해 이혼을 택했다. 그녀의 낯빛은 예전보다 어두웠고 대신 그윽해졌다. 그녀는 전시된 중고백을 바라보며 불쑥 운을 떼었다.

“가만 보니 내 처지랑 꼭 닮았네.”

그녀는 사람의 변심 때문에 이곳저곳을 오가는 명품백의 신세를 한탄했다. 모양새나 사용감으로 등급을 나누는 기준도 못마땅해 했다. 그녀가 말하기를 딱 하나 다른 점이 있다면 명품백은 시간이 지나도 명품이지만 사람은 갈수록 소모품이 된다고 했다.

세상에는 여전하게도 등급이 존재했다. 대학등급이나 청약등급처럼 우리는 자신에게 매겨지는 순위에 누구나 익숙한 듯 살고 있다.

한때 사람을 등급으로 나눴던 단상이 떠올랐다. 등록한 결혼정보회사에서 예상보다 하향순위의 등급을 받았다고 하소연했던 어느 선배가 있었다. 자신의 등급을 확인한 선배의 표정은 침통하고 서글펐다. 최선의 선택을 위한 분류 작업으로 등급을 세우는 건 결혼도 마찬가지였다. 따져가며 결혼한다는 말이 흔한 말처럼 들리곤 했다. 어쨌거나 누구 할 것 없이 행복한 삶을 꿈꾸며 버진로드를 힘차게 걸어 나갔다.

그럼에도 불구하고 어떤 이는 원치 않는 결론을 맞이하곤 했다.

가정의 기준으로 분류하자면 친구는 이혼녀이고 나는 이혼가정의 자녀다. 우리는 백화점의 명품백처럼 브릭스 높은 조명을 받을 일이 거의 없다. 나는 어려서부터 조명을 받지 못하는 걸 당연하듯 생각하며 살았다. 그저 어쩌지 못하는 환경을 허물 삼는 사람들만 야속하다고 생각했다. 그럼에도 벗어나기 위해 셀 수없이 발을 움직였다. 이혼이라는 꼬리표가 내 안에 보이지 않는 선을 그을 때마다 발길은 더 세찼다.

어떤 이는 문제를 꽁꽁 숨겨놓은 사람처럼 나를 대했다. 제대로 된 집안에서 잘 자라기도 힘든 세상인데 조각난 집안에서 잘 자라기란 더욱 힘든 거 아니겠냐면서. 그런 눈빛을 눈치 챌 때마다 반증하고야 말겠다는 심오한 독기를 가슴속에 품고 살았다.

이혼한 친구의 경우도 비슷했다. 호감을 가진 누군가가 무작정 다가와서는 이혼이라는 꼬리표에 화들짝 놀라기도 했다. 그러자 뒤로 한 발 물러나 문제 찾기에 혈안이 되어 그녀를 헤집는 경우가 다반사였다.

원인에는 결과가 따르고 선택에는 책임이 따른다. 이혼은 혼자가 되는 책임을 고스란히 안고서 행복을 약속했던 사람과 영영 헤어지는 일이다. 그러므로 잘못된 것이 아니라 아픈 것이다. 아픔은 깊거나 얕을 뿐 비난하고 손가락질 받을 일이 아니다.

인생에 달린 꼬리표는 스스로 빛이 나는 사람에게는 쓸데없는 잣대가 된다. 다행히 요즘은 자신의 고유 가치를 인정받는 사람들이 점점 많아지고 있다. 누군가 정해놓은 등급이 아닌 자신만의 기준으로 당당히 걸으면서 말이다. 그들이야말로 강한 브릭스의 조명으로 비춰질 만도 하다.

살아 있는 돌

20대의 같은 꿈을 꾸며 잠시 한자리에 머물렀던 옛 동료들을 만났다. 한 친구는 계속해서 경력을 쌓았고 또 다른 친구는 이직을 했다. 서로가 각자의 길에서 부지런히 걷다가 오랜만에 만나니 반가움은 곱절로 다가왔다. 달라진 헤어스타일과 옷차림이 화두가 되다가도 그때와 변함없는 외모를 칭찬하며 인사를 나눴다. 각자의 분야에서 십 년이 넘는 경력을 갖춘 두 친구는 밀도 있는 눈빛으로 변해 있었다. 앳되고 가벼웠던 우리의 숨결도 색을 입고 촘촘해졌지만 지금이 훨씬 부드러웠다. 어느 순간 추억 상자가 폭죽 터지듯 열리면 우리의 시간은 늘 거꾸로 흘러갔다. 그러는 사이 고민과 번뇌, 슬픔의 찰나는 잠시도 허락되지 않았다. 오래된 관계일수록 티 하나 없는 영롱한 빛을 품는 이유다.

20대의 나는 항상 촉박하고 성급했다. 날마다 무언의 할 일이 정해져 있는 것만 같았다. 그 시절의 나는 취업에 사활을 걸었고 결혼에 인생을 걸었다. 사활과 인생까지 걸 필요는 없었는데 말이다. 그 나이에 정해진 일을 하지 못하면 낙오자가 되는 줄로만 알았다. 늦어지는 취업에 손톱을 깨물었고 늦어지는 결혼에 두 발을 동동거렸다. 그렇게 서둘러 첫발을 내딛는 일은 빈틈이 많아 엉성했다. 달리지 않으면 낭떠러지에 떨어질 것 같은 불안감 때문에 두 손아귀에 잔뜩 힘을 주고 다녔다.

39살이 되자 어떤 것도 격렬하게 반응하지 않는다. 눈부신 스파크가 튀는 일도 없다. 욕망이 사라졌거나 현실에 안주하려는 마음만은 아니다. 그 나이에 불어오는 농익은 샛바람 같은 것이었다. 이제는 달리면서 바람을 놓치는 것보다 멈춰 서서 바람에 안기는 것이 좋다. 부족한 것을 처절하게 채우기보다 인정하고 받아들이는 편이 편하다.

여름의 나뭇잎은 짙은 초록색을 띤다. 뜨거운 볕이 사정없이 내리쬐어도 변함이 없다. 파릇파릇한 젊음은 흔들리거나 무너질 틈이 없다. 꼭 초록색이어야 한다고 괜한 고집을 부리는 것 같기도 했다. 한 계절이 흘러가 가을이 무르익었다. 그런 나뭇잎에도 시간이 스며들었다. 옹고집 같던 젊음은 달아났고 노랗거나 빨갛게 마음을 고쳐먹었다. 변해가는 건 무르익는 것이다. 우리들도 노랗거나 빨갛게 무르익는 것이다.

눈부신 햇살이 내리쬐는 창가에서 입맛대로 음식을 주문했다. 그 사이 서로의 안부를 물었다. 결혼한 친구에겐 아이와 남편의 안부를 묻고, 아직 독립하지 않은 친구에겐 부모님의 안부를 물었다. 마흔을 바라보는 우리는 어우러지는 소중함을 충분히 아는 나이가 되었다. 우리의 30대는 20대보다 안온하게 흘러가는 중이었다.

즐거운 수다는 끝을 모르고 이어졌다. 그러다가 해외여행 인솔자 가이드로 일하는 한 친구가 자신이 겪은 경험담을 하나하나 풀어놓기 시작했다.

"로마의 포로로마노라고 알아? 고대 로마인들의 중심지 말이야. 그곳엔 신전의 잔해들이 엄청나. 근데 아무것도 모르고 가서 보면 그냥 돌덩이야. 조각난 채 바닥에 널브러져서 무심코 지나치기도 해. 그렇지만 그 돌의 역사를 설명하면 죽어 있던 돌이 금세 살아나. 그럼 너도나도 영광스러운 곳에 서 있다며 셔터를 눌러대기 시작하지."

나는 친구의 말을 곱씹었다. 살아 있는 돌이 되는 한마디는 내게도 꼭 필요한 말이었다.

나는 날마다 밥상을 차린다. 전업 맘의 의무라서 고단하지만서도 묵묵히 견딜 뿐이다. 내게 요리와 살림은 아직도 익숙하지 않은 일거리 중의 하나다.

그럴 것이 주방을 향해 내딛는 걸음은 쇳덩이 끌 듯 무거워 바짝 힘을 실어야만 했다. 그럴 때마다 버거움을 들킬세라 싱크대의 수도꼭지를 틀고 한숨을 내쉬기도 했다. 나는 식사를 마친 식탁에서 아이가 남긴 두 숟갈쯤 되는 밥을 수저 위에 듬뿍 떠 입으로 가져갔다. 그리곤 한두 점 남아 있는 반찬들을 모조리 입속으로 집어넣었다. 대부분의 나의 하루는 의미 없는 돌이 되어 무심코 지나갔다.

로마의 수천 년 전 돌덩이가 과거의 힘으로 살아 숨 쉬듯 누구나 살아 있는 사람이 되기 위해서는 실컷 몸부림쳐야 한다. 숨 쉬는 이 시간조차 눈 깜짝하면 곧장 추억으로 변하기 마련이다. 단연코 허투루 보내야 할 시간이 없다. 모든 추억은 우리를 살아 있는 존재로 서게 하는 지복인 것이다.

그리하여 나는 꼬깃꼬깃한 추억을 활자로 꺼내보기로 했다. 신기한 건 글의 위력은 말보다 훨씬 커서 무언가가 그득하게 부풀어 오르는 기분이었다. 그렇게 매일 글을 쓰는 나는 살아 있는 돌이 되어간다.

지나치기에 아쉬운 것들

빵을 좋아하는 나는 자주 가는 단골 빵집이 있다. 그 집에 가면 입맛이 길들여진 빵 앞에서 두 발이 꼼짝없이 선다. 화려한 케이크와 먹음직스런 자태를 뽐내는 빵들의 유혹에도 흔들릴 겨를이 없다. 오롯이 먹던 빵만 찾았다. 어느 날 아들의 거침없는 선택을 받은 새로운 빵을 한입 베어 물었다. 이렇게나 맛있는 빵을 왜 그냥 지나쳤을까. 그제야 내 손이 방향을 틀어 다른 빵에도 손길을 뻗쳤다.

익숙함만 찾는 세상에서 낯선 것들은 금세 적이 된다. 내게 낯설어 보이는 것은 설레면서도 두려운 존재다. 전학 가서 만난 처음 본 친구들이 그랬고, 처음 가본 외국에서 들린 낯선 말도 그랬다.

내게 다가온 낯선 것들은 딱 그만큼 시간의 무게를 짊어지고 찾아왔다. 시간은 부대끼는 짐을 덜어줬고 차츰 낯선 것들을 익숙하게 했다. 언제부턴가 시간에도 인생처럼 가속도가 붙자 익숙해질 시간이 얄팍하게 부족해졌다. 낯선 것을 받아들이기에 점점 시간은 턱없을 뿐이었다. 웬일인지 익숙함만 좇아도 나는 바쁘기만 했다.

두 번째 알람 소리에 몸이 흔들리더니 눈꺼풀이 무겁게도 열렸다. 잠을 줄여보겠다고 다짐했건만 한 시간 전의 알람 소리는 잊힌 지 오래였다. 어제와 같은 시간에 겨우 일어나서 다시 울리는 알람을 힘주어 껐다. 눈은 떴는데 감응은 없고 일어선 발엔 감각이 없었다. 내 몸은 아직 한밤중이었다. 그런 몸을 질질 끌고 주방에 갔다. 주전자에 쪼르르 담기는 물소리에 잠시 눈을 감았다가 화들짝 놀라 물줄기를 끊었다. 하마터면 물바다가 될 뻔했다. 그때 주전자의 물이 요란하게 끓어올랐다. 그 소음에 기지개를 키고 하품을 하며 다시 잠을 쫓았다. 고소하고 향긋한 커피 향이 몸 속 세포들을 하나하나 깨우기 시작했다. 입으로 가져간 커피 한 모금에 눈이 커지고 두 모금에 가슴이 펴졌다. 나는 날마다 알람소리보다 커피 향을 따랐다.

커피를 마시며 하얀 컵에 담긴 어둠을 요리조리 흔들었다. 밤을 쫓고서 다시 밤을 마시는 기분이었다. 등 뒤로는 하루를 비추어 줄 태양이 빗살처럼 쏟아졌다.

나는 매일 찾아오는 익숙한 아침을 부지런을 떨며 맞이했다. 서둘러 식탁을 차리고 아이와 남편의 등교와 출근을 도왔다. 그런 다음 너저분한 식탁을 정리하고 집안을 청소했다. 집안일을 마치고 나온 바깥세상에서는 익숙하게 다니던 길만 찾았다. 간혹 만났던 사람을 또 마주하면 비슷한 말만 주고받았다. 오후가 되면 아이가 학교에서 돌아왔고 간식을 하거나 숙제를 도왔다. 아이와 함께 시간을 보내다가 다시 식탁을 차리면 남편이 퇴근했다. 아이의 잠을 토닥이는 짧은 밤이 돌아오면 아쉬운 감정을 삭이다가 잠이 들었다. 엄마와 아내로서 익숙한 하루는 바지런하고 바쁘면서도 허전했다.

같은 일상을 지내다가 문득 고개를 돌려 머뭇거리게 되는 아쉬움은 대개 이런 것이었다. 커리어, 또각 구두, 매끈한 머릿결, 혼자만의 시간, 열정, 젊음, 설렘 같은 것들.

나는 매일 밤 아쉬움이 짙을수록 밤을 밝히는 조각달에 몰래 갈무리를 부탁했다.

어느 날 길을 따라 걷다가 흐드러지게 핀 들꽃을 스쳐간 적이 있었다. 순간 걸음을 멈추고 곰곰이 생각했다. 가까이 다가가 눈여겨본 적이 있었는지 아니면 풍기는 향을 깊이 들이킨 적이 있었는지를 말이다. 생각해보니 으레 짐작만 했을 뿐 눈길 한 번 준 적 없었다.

그러자 외로이 아쉬움을 삼켰을 들꽃이 처연하게만 느껴졌다. 나는 들꽃에 다가가 눈을 맞추고 손을 뻗었다. 오묘하게 아름다우면서 향기로웠다. 때마침 살랑거리는 바람을 타고 춤을 추듯 잎사귀가 흔들렸다. 마치 알아줘서 고맙다는 듯이.

며칠 전 마장호수에 갔다. 산과 산 사이에 길게 출렁대는 다리 하나가 위태로이 걸쳐 있었다. 그 밑으로는 적막하고 비장해 보이는 호수가 드넓게 펼쳐져 있었다. 호수는 다리를 비추는 거울이었다. 잔잔하고 고요해서 자연을 통째로 품은 형상이었다. 일렁이는 내 마음과는 견줄 바가 안 됐다.

나는 평생 출렁다리를 건너본 적이 없다. 그래선지 그 앞에 서자 두려운 부담감에 몸서리를 쳤다. 마음을 가다듬고 가까스로 두 발을 다리 위에 올렸다. 금세 온몸을 진동하는 떨림이 들숨을 단칼에 끊어냈다. 숨이 가파져 앞으로 나아갈 수가 없었다. 그 순간 바닥을 보자 벌어진 틈사이로 청록색 물빛이 드러났다. 심연의 호수로 당장이라도 빨려 들어갈 것 같았다. 다시 눈을 감고 한 발 한 발 내딛으며 바들바들 떨리는 발자국을 다리 위에 남겼다.

오로지 빨리 벗어나고 싶은 생각뿐이었다. 발끝에 폭신한 땅이 가 닿자마자 눈을 뜨고 고개를 들어 뒤를 돌아보았다. 어릿어릿한 시야를 걷어 내자 눈앞에 펼쳐진 황홀함에 감탄이 절로 나왔다. 한편으론 불안에 집중하느라 지나쳐버린 아쉬움이 속상했다. 그토록 찬란한 풍경을 눈을 감고 가로질러야만 했을까.

나는 돌아가는 출렁다리를 다시 마주했다. 어차피 건너야 한다면 흔들리는 다리도 불안한 마음도 별 대수롭지 않듯 받아들이기로 했다. 찰나의 시련쯤 눈 뜨면 사라질 것을 알았기에 깊게 오래도록 한 발씩 머물렀다.

나는 지금도 인생의 출렁다리를 건너고 있다. 한 발 한 발 익숙한 시련을 맞으며 비범한 세상을 가로질러간다. 저 멀리 눈부신 풍경에 매료된 사람들의 눈빛을 그득히 바라봤다.

그 안에는 내가 서 있었다.

글로도 사람을 반하게 할 수 있다

살아오면서 나와 비슷한 누군가를 만난다는 건 사막의 신기루 같은 일이라고 생각했다. 그러던 어느 날 놀랍게도 어느 책 속에서 나와 닮은 사람을 마주했다. 심지어 내가 자주 갔던 광화문 카페에서 흘려보냈던 시간들이 책 속에 몇 줄이 되어 녹아나 있었다. 저자와 다른 모습으로 살고 있더라도 같은 공간을 공유했다는 이유만으로도 가슴은 저릿했다. 보이지 않는 인연의 전선처럼 책과도 어떤 보이지 않는 통로가 존재한다는 걸 비로소 알게 됐다.

우리는 숨을 쉬지 않는 것과도 충분히 마음을 나눌 수 있다. 공들여 쓰는 다이어리가 그렇고 머리맡을 지켜주는 복슬복슬한 인형이 그렇다. 책도 마찬가지다. 마음을 나눈 책 한 권을 마주하니 든든한 한 끼를 먹은 것보다 훨씬 벅찼다. 어쩌지 못한 내 감정을 다듬지 않은 내 시선을 글로써 위로해준 저자가 무척이나 고마웠다.

나도 누군가에게 감동을 전할 수 있는 사람이 될 수 있을까? 글만으로 공감을 이끌어내는 일이 쉽지만은 않으리란 걸 잘 안다. 같은 마음으로 살아가는 사람이 이 세상에 단 한 명도 없기 때문이다. 그럼에도 보이지 않는 통로의 존재를 믿어보기로 했다. 그렇게 이 책에 무겁고 버거운 발자국을 조심스럽게 찍었다. 책을 쓰면서 어렵고 힘든 순간마다 가슴 벅차는 날을 고대하며 여기까지 왔다.

오로지 어떤 누군가의 가슴에 별을 달아주고픈 다짐이 이루어지기를 바라면서 말이다.

내게 글을 쓰는 일이란 까만 막대가 하얀 화이트홀을 침범하고 정복하는 것처럼 기이한 우주를 창조하는 일과 같았다. 보이지 않는 것을 보이는 것으로 탈바꿈하는 것만큼 짜릿한 건 없었다. 뿌연 기억 상자 칸칸에는 내가 지나온 경험들이 켜켜이 쌓여 있었다. 마치 세상 전부가 들어 있을 법한 보물 상자처럼 말이다. 연약하리만큼 휘청대던 나는 보물 상자를 발견한 순간 소중해졌다. 소중해서 아끼고 싶어졌고 빛나게 닦아주고 싶었다.

상자 속 어떤 기억은 꽃이 되었고 어떤 기억은 바람이 되었다.

형체를 알아볼 수 없는 무언가가 되어도 가치와 감동은 여전했다. 그러다 어느 기억을 들추다가 상상하지도 못한 색과 모양의 기억을 발견했다. 눈길이 머물다가도 볼수록 기분이 나빠 서둘러 외면했다.

내 안에 두기 싫어 잘게 찢으려고 용기 내어 하얀 책상 위로 꺼냈다.

그 기억을 얼기설기 자르고 찢어버리자 흰 여백이 조각들로 채워졌다. 한 폭의 기묘한 그림이 완성되었다. 나는 그 자리에 손을 올려 활자를 채워갔다. 백지가 아닌 그림에 글을 채우는 느낌은 상상하지 못한 희열을 가져다주었다.

감사하게도 나는 오늘도 백지의 시간을 가졌다. 오늘은 어떤 경험으로 내 안을 채울지 무릇 궁금하다. 설령 예상치 못한 일들로 얼룩져버려도 괜찮다. 그 위에 까만 활자를 넣는 순간 나만의 작품으로 기록될 테니 말이다.

가만히 생각해보면 글도 어제를 살았고 오늘을 사는 우리와 다를 게 없다. 어려서는 활자만 봐도 눈이 빽빽해지고 깊은 숨으로 멀리 날리는 게 일이었는데 심미안을 갖추니 도망 다닌 활자는 어느새 둘도 없는 친구가 되었다.

작은 웅덩이에 고인 물이 넓은 강으로 흘러가려면 머물러 있는 곳에서 움직여야만 한다. 정체된 것은 때론 이유도 없이 변질된다. 물도 사람도 마찬가지다.

시간이 변하니 기분도 변하고 마음도 변한다. 변하는 것들이 나쁘다고만 여겼는데 자연스럽고 반가운 흐름이었다. 색이 바래지고 사람이 변한대도 아쉬움이나 원망쯤 건네지 말자고 다짐한다. 굳건하다고 믿고 있는 내 마음조차 흔들리고 사라질지 모른다.

분명 상처가 없는 이에겐 눈길이 가지 않아 스쳐갈 수 있는 책이다. 그렇다고 영원한 안녕을 고하지 말아줬으면 한다. 어쩌면 눈물겨운 날에 마음을 채는 책일 수도 있다. 그럴 때야말로 글로써 당신을 반하게 하고 싶다.